JN212218

手紙

―あなたへ
そして　わたしに―

大本　史乃

手紙

―あなたへ　そして　わたしに―

Oさま

前略御免下さい。

3月に入ってから、逆に冬のような寒さになりました。この季節は、いつも不安定ですね。一昨日は東京も雪が降りました。とはいえ、むかしのような降りようではありません。ひと昔まえ……いえ、ふたむかしくらい前までは、けっこう雪も積り、寒さもこんなものではありませんでした。何もかも、〝あゝ、違ってきているなァ〟という気がします。

そして、今日は春の陽射しです。私も、すこし元気をとり戻しました。何しろ気候や、気圧、天候に左右されやすい体調と気分ですから、自分でも気をつけてコントロールするようにしています。

Oさんの花粉症が、スギではなかったということで、おどろきました。涙や、ハナミズが、たくさん出るのでホント、大変です。

以前、カゼで診療所へ行ったとき、痰がからんで出にくいことについて、先生がこんなことを仰いました。

「痰も、涙も、ハナミズも、体液や血液なのよね。勿論、水分も。そういう時は、水分が不足してしまうから、どんどん水分を取って」と。

吸収しやすいのは、スポーツドリンク。次にいいのは麦茶。ビールやお茶、コーヒーは、利尿剤の働きがあるのでほどほどに。とのことでした。実際、意識してせっせと水分を取ると、からんで出にくかった痰が、スムーズに出るようになって、ぐっとらくになります。

――学説も、時代の情報も、時に真逆のことを唱えたりしますから、そして、医師といえども同じ人間、他人のからだや心理などについて万能、完全ではありません。ですから、けっきょくは概そ、うのみにはせず、自分自身で自らを常に観察しつゝ、コレと思えるものをセレクトして役立てるほか、ないように思います。

(それにしても、ずいぶん長く生きちゃったナァ、――こんな筈ではなかったのに)

さて、電話のあと、すぐ宅急便お送りしました。〝クラシック熟成茶〟はクラシックを聴かせて熟成させたお茶。年1度出ます。聴かせた音楽は、古典派のもの？ ロマン派のもの？ 作曲者は誰？ モーッアルト、シューベルト、バッハ、チャイコフスキー……まさかベートーベン？ ショパン？ シューベルト？ シューマン？ と、手紙でたずねました。どうやら、モーツァルトや、シューベルトらしいのですが。美味しくいれたら、音楽が聞えるかもしれません。葉っぱをたっぷりで、おためし下さい。

お茶菓子に、熊本の〝四郎の恋〟をどうぞ。四郎は、天草四郎です。いちぢくの銘菓よ、すこしばかり。

テープは、とても古いものです。何度も引越しをして、その度にトラックで何台分ものの処分をしたものですが、それでも（何が何だかわからなくなったまゝ）残った荷物を現在の狭い家のなか、あるだけの物置いっぱい、足りない物置を1階のトイレを取り払って作ったりし、ぎゅうぎゅうつめ込んだまゝ、もう取り出すにも不自由で放りっぱなしでした。

何年かまえから、少しずつ少しずつ整理し続けています。近年、さいごの自己満足のため、ある出版をすることになり、その費用と、ねこたちの手術代、治療代、くすり代、ワクチン代、エサ代おやつ代、などのために、売れるものは売ることにして、がんばっています。スマホの先生に片棒かつがせて。メルカリ、ヤフー・オークションなど。それが——まあ、あるわあるわ。何かひとつ引っ張り出すたび、3階の部屋がモノ置き、ゴミ箱、に。ますます大変なことになりました。油絵、陶画、陶、ふくさ……うんざりして息切れします。

先日また捜しものしていて、ずっしり重い、大きな紙袋が出てきました。開けてみると、さまざまのテープ。その日はもう、調べるのもイヤになって、また出しっ放し。

4、5日後やっと袋の中からすこし取り出してみたのです。未開封のクラシック、シャンソン、フランス語の文法、発音、さらには私がコッソリ吹き込んだ歌のテープまで！（フランス語で！　シャンソンなど！）そんななかに、義大夫のテープがありました。

昔々、文化放送がまだ四谷大木戸にあったころ、局に遊びに行って——もう記憶もおぼろ、切れぎれですが——、能や人形浄瑠璃やはんの舞いの会に通っていたこともあってこのテープを戴いたのだと思います。

こうして、何かひとつ、取り出すたびに、過ぎ来し方のきれぎれが、きれぎれのまゝ、いやに鮮やかによみがえってきて、表現し難い切なさで何だかいたたまれない心地になってしまいます。

長い長い間、放って、押し込んでいたのは、これも所以だったと認めざるを得ません。ぎゅう詰めの物置よりも、さらにぎゅうぎゅうと、あまりに多くの過去の〝時〟。


——さて、いったん措いてしまっていた手紙を続けます。

実は、三味線の思い出。子供のころからさまざまあって、何年かまえ、Oさんにそうしたこと共を、長々手紙に書いたことがありました。が、ふっと我にかえって読み直し、結局お送りしないまゝそれもどこかに押し込んでしまっていました。

今回、そんなことも思い起して、ついずるずると書きたくなる心地でしたので、いったんペンを措き、時間をおいた、というわけです。

——手紙を書く、ということは、ほんらいどうしても一方的になってしまうものですが、〝書く作法〟では、己れのことばかりに終始するのは無礼、とされていますね。

しかし、近年の私は、すっかり居直ってしまって、「いーじゃないか。一方的でも」なんて思っています。聞いて欲しいこと、話したいこと、自由に書いて、それを受け取るひとが、取捨選択する、うっとおしいと感じたら、捨てればいい、なんて。ずいぶん得手勝手で、〝ご迷惑〟なことかもしれませんが——。まあ、どうかおゆるし下さい。

余分の物だらけでせまい部屋を、すこしでも動きやすくしよう、とこの3、4年、かなりアレコレ整理したのですが、こんどは売ってみようと思いついてアレコレ出し始めて、いまやメチャメチャです。

ダンボール3箱ほどあった茶道具は、茶道教室に貰って戴き、タンス一棹のきものや帯を整理して、何人ものひとに貰って戴き、その空いたタンスを粗大ゴミに出すのにも、3階から下ろすのに大ケガして、やっと少し、スペースができた筈だったのですが。

何しろ、売ろうとしているものが、まだ売れていません。スマホ教室の先生にも、片棒かつがせて、何とかしようと四苦八苦……中です。本の整理も、神田の古書店と交渉中のまゝ、現在中断。

図書館への寄贈も、ダンボール3つ運んだあと、4つめでもはや断られてしまいました、――いやはやいつになったら整理がつきますやら。

きものと本については、どうしても売る気になれず、好きなひと、生かして貰えるひとに差し上げたいと思っています。絵も、陶も、コレと思う人たちに、かなり貰って戴いたのでしたが。

――何度もペンを措いて書きましたが、――宅急便を出した翌日、お心づくしの白謙のかまぼこを頂戴しました。御礼申し上げるのが遅くなってしまってごめんなさい。贈りものにおどろきながらも、さっそくその晩から戴いています。とっても、美味しくて！　ありがとうございました。ほんとうに御馳走さまです。

気候不安定なときですから、尚々御身御大切におすごし下さい。

Oさんがお元気でいらして下さることは、私などにとりましても、ほんとうに大事な、有難いことなんです（Mさんのこと、かなり心配で、心に掛かっています）。

敬具

Mさま

言葉とか、会話とか、って案外とても（ムズカシイ）不自由なものなのですね。たったひとつの〝事〟を説明するのでさえ、起きたこと、あったこと、その部分だけを話しても、解って貰えるにはとどかないものが多く残ります。これが、事務的な連絡事項とかならそれで可し、むしろ端的な方が望ましいのですが。コト、心情的なものの場合は、一部分を切りとった説明だけでは、双方に「消化不良物」が残ることになります。

話す方も、聴く側も、夫々に人生も考え方も違うのですから、説明不足の部分のニュアンスまで、正しく受け渡しできるとは、到底思えません。

禅や、哲学の分野では、端的に表わされたことばを、総合的、かつ包含されたものとして扱います。しかし、一般的会話のなかでの言葉は、それほどの奥深さや重さを持つには至らないものでしょう。

時に私は、自分が正しく、うまく伝えられているか、不安になります。近年は殊更、己れの教養の乏しさ、語彙の貧しさ、老化による回転の悪さ、エネルギーや情熱の不足、もの忘れ……などの悪条件の自覚も確定してしまっていますから。

それに、集中力。もともと劣っていたのが、いよいよ顕著になっています。それでもつい2、3年まえまでは、好きなことに限り、時間を忘れるほど没入することもあったのですが、この1、2年で、ガクリと落ちました。

単純に片付ければ、これもひとつの「老化」と言えます。が、細かく分析すれば、いくつかの要因が働いているのです。第一には、子供のころからの〝発達障害〟を、そのまゝ抱えて生きてきたこと。熱くなって夢中になっている最中、ふっと冷ややかな眼差しや、嘲笑、嫌悪のことばが聞えたりすること。己れの限界を知ってしまっていること。わかって貰おうと努めることの虚しさに、つとシラケてしまうこと。

ひとつごとに、さまざまの角度からあゝも言え、こうも見え、それが迷いになり壁になって、躓いてしまうこと。などなど……。

こんなふうでいて、尚、注意深く、後悔が少ないと思える〝ことば〟や〝表現〟を選べず、うわ擦りした話し方、書き方しかできない、というのは、まったく情けないことです。しかし、そうしてあきらめてしまって期待を捨て、言葉を捨て、筆を捨て、いったいどう人と係わって生きてゆけるというものでしょうか。

——海外へ旅したとき、カメラを持って行かないことにおどろかれたことがあります。こうしたことにも、何かしら多くの思いがありました。

歴史も、文化も、生活も、言葉も、人種も、全く違う国をひとり旅して、旅人のひとりとしては、たゞ、限られた時間のなか、目にしたさまざまを「いいとこどり」で通過するだけ（それだけでも、抱えきれないほど多くの思い出が残っているのですが）。

カメラに写すより、もっと深く、つよく心に焼きつけたい、などと思ったものでしたが、

――いま、この年代になってみると、ちょっとものの見方も考えもかわってきています。

そして――また、――ヒトとのふれあいも、人生も、それと似たようなものなのかなあ、

……などとも思ったりします。

してみると、〝言葉〟に悩んだりしてみても、結局は徒労になるのかもしれません。

何につけ、想像力や許容力は必要ですが、それも過大すぎてもいけない。これも又難しいこと。

うーんと若い時代に、「ひととわかりあうこと」について、こんなことを言っていました。

「すべてをわかりあえる、ということはないと思う。たとえばヒトの心や思いを、1つの球体としてみたら、夫々の球体それぞれ皆違っているのだから、その折々、ふっと触れ合えた部分でしか、わかり合うことは出来ないのではないか……と思う」なんて。

ホントにわかっていて、言ったものかどうか――。

――自分自身のことを説明するにしても、ヒトのことを話す場合のことなら尚更、かいつまんだワンシーンのみを差し出すときは、相当に注意ぶかく、扱わなければなりませんね。そこに、感情が働いていれば……うーむ、やっぱり、とても、難しい〝コト〟です。

煩わしいし、疲れることなので、いっそ止めとこうか、と。

拝啓
御報らせ、ありがとうございました。

T氏ご逝去のこと、心からお悔み申し上げます。

くるしまず、おだやかなご最後だったとのこと、何よりほっとする思いで伺いました。いろいろ、いろいろ、大変だったでしょうが、ほんと、偉かったのね。がんばったのね。さすがです。T氏は、きっと満足して、お幸せな思いで、逝かれたと思います。ひと足先に。一区切り。もう既に、お二人のお名前を刻んだ墓所まで用意されていたということですから、再びお二人が寄り添えるときが来るまで、あとしばらく、あなたご自身の時間を、どうぞ大切になさって下さい。お二人の「結婚」は、その後も、ずっと先も、永遠に続くことでしょう。私も、他ながらお二人のみごとな「結婚」のかたちを拝見することが出来て、幸せに思って居ります。

これから先も、くらしのなかの折々に、T氏がお顔を出し、話しかけ、笑いあえることが、多くあると思います。

あなたのなかに、同化して存続するT氏。

あなたと、T氏との〝作品〟であるふたりの「お嬢」さんのなかにも。

ふたりぶんをひとり。身体を大切にして下さいね。

周りのひとびとの援けも、すべて的確でスムーズに運んで、――（これもあなたが、事前に万端、整えていたおかげでしょう）――よかったですね。これも他ながら感謝の念を覚えます。

「そのあとで、スーパー銭湯へ行って、ゆっくり入浴して、ケーキを食べた」Mさん。むかしと、ちっとも変らないひと。

ほんと。どうぞひと息いれて、すこしゆっくりなさって下さい。

一路一直線のおふたりに、お花をお送りしたいと思います。

ケーキでも、お花でも、お好きに。ね。

拍手！　合掌。（四月五日に）

敬具
史乃

拝復

昨日、立春。何やら心なし春めく気配が感じられます。そんな目で眺めてみると、確かに枯れ芝の間からクローバーや雑草が青々と伸び出しているのを見つけたりして。今年は、そんなことにさえ、ふっと圧倒される思いの方が大きくて、ああ、いよいよ私も末期症状だと思いました。

立春の昨日、小包みとお手紙拝受致しました。

お忙しい中で、早速のお手配、ありがとうございました。

これから　もうひと踏ん張りしなければなりませんから、効能に期待しています。

節分の前日、家の売買の件がまたドタキャンされました。今回は契約の日が2月3日節分、とまで話がすすんでいてのことでしたから落胆もショックも相当なものでした。1ヶ月も待たされて。

運送屋の見積もりも4社から取っていましたし、大きな家具の処分も始めてしまっていました。多すぎる荷物を減らすために、人に貰ってもらったりしていろいろ大掛かりな労も払っていました。

粗大ゴミで予約して排出するより他人に差し上げる方が、労も費用も要するのです。おかげで家中ゴタついて片付かず、いかにも引っ越しの始まりを呈して落ち着かないものになってしまいました。

また初めからしきり直しで、売り家として見分値踏みされるためには、それなりの化粧直しをして繕っておかなければなりません。ほとほと疲れました。今度こそ、と思っていたのです。時期が延びれば延びるほど、それをしのぐことは苦しいものになりますから。

それにしても、買おうとして家を見にくる人々が、なぜ銀行のローンが組めなかったりするのか、不思議でなりません。何かを買おうとするときは、殊にちょっと大きな買い物をという場合は、それなりの心積もりや　自分の懐具合を把握しているものだと思うのですが。

それに、土地付き一戸建としては、笑っちゃう位の安値なんです。私が買ったときの価格よりずっとずっと値下げしていますし、この辺でも驚かれる位なので、問い合わせや申し込みもかなり多いと聞いています。別棟で6畳ばかりのハウスに3畳ほどのウッドデッキテラスも造りました。大きく新しいしっかりした物置も2つ増やしました。

移るときに、300万以上かけてバスルームも広げて新しくし、人造大理石の浴槽にジャグジーもつけました。そのために少し狭くなったパウダールームは、明るい壁紙にして窓をつけ、洗面台も化粧棚も洗濯機置き場も床も一新し、給湯機も予約呼び出し不凍センサーがついたパワーの大きなものに変えました。もちろんトイレもシャワー機能つきのものに一部改装。これらは、WさんのコネでTOTOの社員価格にして戴いての300万でした。そのうえ、去年は強風で玄関のドアが壊れたため、それをそっくり取り替えざるを得ず、泣く泣く30万ばかり支払ったものです。

それをいざ売る段になると、冗談としか言いようのない安値。それでさえ銀行審査が通らない、ってどういうことなのでしょう。ちょっと上級クラスのジャガー一台分にもならないくらいなのにね（でも、これはナイショです）。

時々フラワースクールの生徒さんで親しくなった人に、『先生の金銭感覚と私たちのとでは違い過ぎます』と言われることがあって、はっとします。ここまで貧しくなってしまってもまだあちこちチグハグなズレが染み付いてしまっていること、また性分としての変えられない部分もあることに内心の自嘲を覚えつつ慌ててその場を繕ったりするのですが。

しかし、相手の自尊心を傷つけるようなことだけは言うまい、すまいと、いつもしっかり心しています。

Kさんの新しいお名刺、初めて頂戴しました。常務取締役とあるのを拝見して、思わずクスリと笑ってしまいました。そうかぁ、お偉くなられたんだ。役員さんですものね。軽々しく『Kさん』なんてお呼びしては失礼ですわね。じゃぁ、近いうちには社長さんになられることでしょう。さらにたのしみです。大いに、とっても。

でも、私にとっては、たとえどんなにお偉くなられても、Kさんの Kさんたる部分、変わらずにあって欲しい気がしています。そして、いっそそのうち、本社の社長におなりなさい。私がまだ生きてる間に。これ以上年とらないうちに。

雪印の事件は、お話しにならないほどひどいものでしたね。私は前回から既にその奥が見えていましたので、雪印の製品は断固　不買を通して来ていました。やっぱり、と言う思いでした。

今後の立て直しの方針について、他社との提携を願っているようですが、よもや御社の温情主義で、手を差し伸べたりはなさらないでしょうね？　まさか、とは思っておりますが、念のためそれだけは決して決して御社のお為になりません。消費者のためにもぜんぜんなりません。いまだに雪印の商品を扱っているスーパーや商店があると、その店の姿勢やモラル観にも不審を抱いて蔑みを覚えます。

どんなときでも、常に『いいお仕事』を、と願っております。そして、大きくなれなれ。すべてについて、大きく、大きく、育つんですよ。クス。

泥沼に咲く華になど、気をとられて漂ってちゃいけませんゼ。どぶどぶ沈み込んだりは、なおいけない。

御身お大切に。御礼とご機嫌よろしゅうを。

敬具

（結局出しそびれてしまった）

ランチ・タイムですからお値段は１５００～２０００程度。内装（大理石使ってるンダゼ）・広さともに似ている三太郎よりはお味もまあ何とか（三太郎はヒドかった！）。

女性３人のおしゃべりを暫く聞いて、リーダシップをとって上手に人に話をさせるKさんの、みごとな社交術に内心感心し、頃合を見てやっと目的地へ移動（女性ってオシャベリに熱中して本分を忘れやすいのヨ）。

たぶん、これでYさんと時間が交差してすれ違いになったのではないでしょうか？　もう、とっくに午后2時すぎてたと思います。

――入場。もうエゴ・ペースです。皆をふりきって、展示物に心が流れ始めるまでさらさらさらと歩いてみます。1点1点を眺めないつもりで進んで行きましたが、あまりに強烈なモノが飛び込んでくるとドキッとして見てしまう。

〝何？　何？　こんなぶ厚い、こんなドデカイ釉のヒビワレで、お茶って飲めるかしら？〟茶碗のふちに、唇をあてるところが想像されます。本能的な拒否感。

〝ダメ。ダメ。まだ決めつけない！　こゝろを平らに。シィーッ。しずかに！　無に！〟しかし、夫々に個性の強烈な、バラバラの作風の、各々力作ばかりの、あまりにも高度な技巧の完成度は、通過するだけでもエネルギーを要求するようです。作品群も、皿あり、碗あり、花器あり、書画あり、色あり、絵あり、……何だか息切れするほど盛りだくさん。むかし、セミプロの絵画展で体験したショックと発見の「経験」が、少し役に立ちます。

↓後述（何でも体験はしとくもんですかネエ？）

――芸術が、真の沈黙をもって内なる成熟を果すには、長い年月に洗われる必要があるのです。或いは作品自身の、長い長い眠りが、そこに閉じ込めたすべてを熟らせ、自然な存在となり得るのです。

（これほど強烈な個性、夫々に異る作風。一人一人に於てさえ迷い、曲折、変転する道のりでの個々の作品なのに、――それらを集めて、一度に陳列してはいけないのです）（ま

だ年月を経てない「生」々しさが、どうしても表われてしまう)

――あるとき、T画伯とオシャベリしたとき、〝全く同感〟とうなずき合った意見が、

〝絵画は、100年経ないと、真の価値評価にならない〟

ええ。ええ。音楽も、陶も、そう云えることが多いと思いますとも。

100年。……あるいは、無心の、忘我の、手あそびの、(遊びごころの)ごくごくさり気ない自然さ……無作為……が、自然に表われる(生れる)まで。

これは、陶に限らず、芸術のすべてに、しぜんに備わる、品位と包擁力ともいえる質のひとつです。

(人間についても云えることかもしれません)

――私たち、ずいぶんたくさんの展示会へ行きましたね。

陶だけに限っても、数えきれないほど多くの名品、名作を見てきました。そうした展示会も、様々の時代のもの、様々の窯のもの、様々のかたち、様々の個、……の筈でした。

しかし、その「様々」に疲れることはなかった。

見て歩くうちには、その折々好ましいもの、魅かれるものなどと出会い、うっとりとい い時間を過せたものです(或いは惹きあわない、沈黙のまゝのものも)。

それらは、ひとつひとつ、おしゃべりはしない。けれども、しずかな、博愛にみちた語

りかけはしています。

――「用の美」とはいえ、いまは秘しての美、何も〝使ってこそ！〟とは限らない。愛にもいろいろなかたちがあっていい。

手に入れ、使ってみる、……それを想像する。所有するのは現実でも想像でも大した違いではないのです。

触れてみる、撫でてみる、……それを想像する。

置いて眺める、語りあってみる、聴いてみる、使ったひとになってみる。作っているとき、描いているときのこゝろになってみる、自然になれる。好きになるのも、愛するのも、所有するのも、こゝろのなかでは自由です。すると、土の匂いがする。それをこねる触感を覚える。絵筆が見える。そのときの思いが立ちのぼってくる。そして窯の火が見える。自然のあそびが、ひとつの〝手〟になる。

またさらに、その存在自体が、さまざまの可能性を秘めた、ゆたかな孤独にみちてそこに在るのを、眺めます。

――手に入れることができないモノでも、所有することはできます。

実際に使ってみることができないモノでも、使うことは可能です。

ふれてみることができないモノでも、触感を味わうことができます。

また、その逆もあります。

音楽にしても、何にしても、美しさを愛することは、自分の内なる世界の自由なのですから！　こゝろの散歩。こゝろのあそびなのですから！

それに、どんなに佳いものであっても、それひとつですべてが満足できる――わけでもないでしょう。

美しいものは限りなく表われ、目移りもする、時には倦き、ときには忘れ、ひとのこゝろはたゆたい、また戻り、その折々の熱中や感動もあります。かわらないものもあり、変容するものもあり、……それも自由！　それさえも、あそびといえばあそびになる……。

――一方、才能に恵まれ、他の者にできないことを産み出せる、努力と忍耐と探究心と、技術にすぐれた作者……にも、迷いや、折々の感情の違いや、自己陶酔や、スランプや、ありとあらゆる時があり、作風も変化します。昇華の時もあれば、進化もあり、変容あり、焦燥も、熱中もあることでしょう。マティエの変遷、常に新たなる挑戦。

無自覚の失敗も成功もあるでしょう。それらのすべての作品が、よい味わいとして（もはや一つ一つが叫んだり、騒いだり、おしゃべりしたりせずに）しずかな成熟した才能の個性になるとき、変転した作風も、気負いも、挫折もすべて一貫した生涯の流れのうちで完成した華々といえるようになるのでしょう。
（人間にも同じようなことがいえる部分、あるように思います）

――今回の展示会は、何しろハイ・レヴェルテクニックが目を奪いました。いったいどんな技術をもって仕上げているのかと、たゞたゞ目を凝らし、驚嘆を覚えます。

一方、備前などの焼きしめの作品は、自然を感じさせよう、させねば！の思いつよく、技巧を隠す技巧に走りすぎてふんばってしまっている、妙にちからの込もりすぎのような印象（対比で見すぎたかもしれませんが）。ほっとしたり、くつろげる作品がほとんどありませんでした。

総じて各々が〝ほれ！どうだ！参ったか！おそれいったか！〟の声ばかりで、使ってみたいな、置いてみたいな、と思うものにはあまり出会えなかったのです（これは、心のあそびに於ての比喩ですが）。

一点だけ、気に入った作品もみつけましたが、むしろそれを捜し出すのに時間がかかったくらいです（清水卯一、青瓷茶碗）。亡くなった作家といっても、まだ歴史は新しく、現存する作家はいまも尚作陶を続けている……そりゃあやっぱり生のエネルギーが立ってくるのも無理ないことかもしれません。

なかで少し沈んでみえたのもありました。以前、日本工芸館で見たことのある富本憲吉の色絵壷です。懐しく思えましたが、現存する作家連の気迫のこもった技術の高度さの前では、古びてみえました（技巧も又、時代と共に進歩してゆくものです）。

一寸気になる陶もありました。絵柄のそっくりなもので、迎賓館花鳥の間の陶板と同じ作者かとおどろきました。後で調べてみましたが、どうも違う人物のようです。

きもの作家の、（皇室の、舞台の）先生が、以前、きものの図柄にも日本画と同じ絵柄や筆法のきまりがある、と云っていましたが、そういうものと同じなのかとも思いました。

――私が、あるとき展示会の始まるちょっと前に、ふと目について買ったことのある作家が、――今回出品していた作品には、殊更仰天しました。TVでの案内にも使われていた、あのド派手な壷が、それだったのです。当時から較べると、あまりにすごい技巧の到達だと、ド胆をぬかれる思いでした。たゞするりと眺めたくらいでは、どうやって作られたものか、その過程がわかりません。私はのび上って、壷のなかまでのぞきこみました。焼成後に筆を加えて作られたものでないことは、彼の作風からわかっていました。だからこそ、なお推測がつかない。色彩の違う土を組み、練り上げて、このような文様というより絵柄に、焼き上げることが可能だとは！　それは驚嘆すべき技術でした。たゞたゞ目を瞠るばかりの鮮やかさでした。のぞきみえた範囲で、たしかに土の集成だと知って、いっそうのおどろきでした。

――けれども、――私のほんらいの好みからすると、隔たるものを感じます。もし、私が、買うにふさわしい生活をしていても、使う壷としてではなく、――想像するに、――広い、広い玄関の間にひとつ。完全な、飾り壷として置くだけにとゞめることでしょう。これは技巧そのものを愉しむ壷だわ、と。

彼は、もと和尚でした。仏教を踏んでいるひとの、この技巧の華は、どういうものを語ってくれるのでしょうか？　酔っているように感じます。作者自身が華に酔うて……色に酔うて……華麗なかたちを産み、……己れの技に酔い……ため息が出ました。

会場を出るまえに、もういちど私はそれらの作品の前に立ち、眺めてみました。百年の後、この驚嘆すべき技巧から生れた壷は、どんな評価を受けて、どこに飾られてあるのでしょう。

年をとる毎に、つやっぽくなり、派手になる、という作家も（文学、絵画をはじめ）多くいます。このひともその一人なのかなあ……とも思いながら、ちょっと挨拶をして去ってきました。

総じて、今回の展示会は、鑑賞する側にも肩に力が入ってしまうほどの迫力を感じさせる作品群だったと思います。

これほどのものを、こんなにいちどに並べるのは、少し無理があるのではないでしょうか。一人の作家のものを、ていねいに、一回毎の展示会にして欲しかったと思いました（まして人間国宝という頂点に立った人々ですもの、なおのことそういう扱いであってもいい筈でしょうに）。

——昔、まだギャランスが、銀座の6丁目（後に8丁目に移りました）に誕生して間もないころ、三人の初老紳士のグループが、折々来てくれていました。早大の同級生で、一人は総理府、一人はヤマハ、一人は建設会社の常ムで、その建設会社の人が、セミプロの画家でした。その作品が、都美術館に展示会出品中ということで、ぜひと云われてシブシブ（？）出掛けたことがあります。

ノー天気の私は、何の心準備もなく会場に一歩ふみ込み、とたん息がつまりそうになって慌ててとび出してしまいました。会場に入ったとたん、画題、手法、色彩、傾向、すべてが夫々に異なる大、中、小の絵画たちが、いっぺんにわあっと騒ぎ出しておしゃべりして息がつまりそうになったのです。私は呼吸が乱れて、おどろいて、色彩の散乱する、油絵の具の匂いふんぷんの迫力におされて、たまらず足をひきかえしてしまいました。（これが、あれか！）思いあたりました。絵画は、（新しいもの）とかくおしゃべりだ、……と。

たしかに、……いっせいに、作品たちが叫んでました。

〝こっちこっち！〟〝こっちを見て！〟〝こっちだってば！〟

――私は深呼吸して、お腹にちからを込めました。それから、〝うん。〟と感性の弾力を確かめて、会場への再入場、第一歩を踏み出しました。

……ったく！　何といろいろな個性！　いろいろなタッチ！　さまざまのマティエール！　とりどりの色彩と表現！　そして、まだキャンバスにぬられて間もない絵の具の新しい油の匂い！　会場の壁のすべてに、ぎゅうづめに押し込めたように、様々の大きさの額が掛けられ、熱気と自尊と自己陶酔とが、会場いっぱいにウワァーンとひゞきわたる騒音となってあふれかえっています。地味あり、派手あり、厚塗りあり、平板あり、……〝芸術・大安売り〟実に疲れる体験でした。

しかし、根がまじめな質の私は、約束を果たすためにどうにかその人の絵にたどりつき、眺め、感想も書き送ったのです。自分の得た感想のなかで、ずっと昔理解できなかったことの一つが、理解できたこと、などもふくめて（どんな体験にも、得るものは在るものですねえ）。

――或る種の骨董に関しても、肌の合わない一面を見出した経験もありました。又、ロオトレックの絵画にも、年代によって極端な好悪の印象を受けたこともあります。若いときの感性と、ある年代になってからのそれとは、ずいぶん異ってゆくものもあるのだと思いました。

――今回の展示会、会場の貧相なのには、たしかに畏れ入りましたが、私は、やはり〝出掛けて行って〟実際に〝見た〟ことにはそれなりの意義があった、と思っています。印象の好し悪しを別として、会場に足を運び、実際に〝見る〟ことで、私は私自身の感性を眺めることができたのですから。

その日に得た想いを、心のなかの掌にのせて、好きなときに、ころがしころがし、……やがてまた時を経て眺めるとき（そのチャンスに恵まれれば）どんなふうに自分の感性や評価のはかりが傾くのかを、楽しめるというものでしょう。年月を経る毎、実体そのものの記憶はすぐ薄れるようになってしまっていますが、実体にふれた時に得た何かしらは、いつ心のひき出しから取り出しても、鮮やかに息をふきかえして、いま、そのときとの対比が可能なのです。

――さて、ずいぶん長くおしゃべりしてしまいました。書くうちに重複したり、脱線したり、ひとりで踊りまわってみたり、……も多かったと思いますが、まあおゆるし下さい。

途中で措いてしまっていたのを書き継ぎ、やっと一文の終りまでたどりつきました。もう季節がかわってしまっています。

夏本番の盛夏です。酷暑のなかで、一昨日と今日、双日、ひぐらしのこえを聞きました。一昨日は、犬のさんぽの公園で。今日は家の庭先で。すごく大きなこえ。「ちょっとアンタ、早すぎやしない?」と声をかけましたが、それが聞えたのかどうか――。「ん? そうかな?」それっきりです。この辺にはいろいろの野鳥や動物、(とくに爬虫類や虫!)がいるのです。……ったく!

御身体、御自愛下さい。

敬具

T子さま
拝復
うれしいお便りを、ありがとうございました。お手紙を拝見するたび、書かれてある情景や、状況を、何となく思い浮べながら過しています。
自分ではとかく〝手前勝手〟だと、よくよく承知しているのですが、郵便が配達される時刻ごろ、ポストを開けるたびに、何となく期待感を抱いているのですね。入っているものといえば、ほとんどが、各社のカタログ、パンフレット、チラシの類なのですが、それでも凝りず、ふしぎな期待でいっときちょっとした緊張感を覚えるのです。そんな自分に、自嘲めいた笑いがこみあげたりもするのですが、近頃は少しずつ、変ってきて、すなおな気持ちで思いを受けとめるようになってきました。

手紙って、ほんとうにうれしい、有難いものなんだから……と。

書かれてあるさまざまのこと、あれこれ……目で追い、心で追ううち、いろいろと思いがひろがってゆくようです。

ウグイス――とあれば、あゝ、――と、かつての富谷町時代がよみがえる、パクチーとあると〝ウェッ、香草はやだ!〟と、タイでの食事を思い出し、……ヤケドからのかゆいかゆいは、自分の体験もよみがえって、ホントに気の毒に思えます。他からはどうしようもないので、何だか申しわけないような……。

石ふるいや、草取りも、富谷町時代が、まざまざと思い起される……やっぱり手紙って、とても、とても、いいものなんだと、しみじみ思うのです。

I・Mさま

謹啓

きのう、夕方のひと降りで、続いていた暑さのなかでの一服の涼を味わった気がいたします。

明けて今日の日中には、たちまち暑さも戻ってしまいましたが、夜に入ってまた涼しくなりました。

いかゞお過ごしでいらっしゃいますか。

いま、初めての御便り認めながら（御礼と、お詫びと、云いわけと、……）先生の研究所でのお住居の夜の様子が、ひとつのシーンとなって目に浮んでおります。

すると、もう早や草々のなかから、まだかぼそい虫のすだく音いろまで聴えてくるようでございます。

あれ？　しずかな夜のうち、電化製品のモーター音でしたかしら……？

すばらしく美味しいお魚のかずかず、七月三十一日の午后、拝受いたしました。

〝そうそう、それ。その報告にたどりつくまで、まず前置きが君、長すぎるよ〟

そう仰云いました？　ほんとうに。

御礼がずいぶん遅れました。先におわび申し上げなければなりません。

「クール宅急便、冷凍です」と云われて、サインしながらお名前を確かめ、思わず「あ、先生」と声になりました。配達の人はこういう場合、反応しませんのね。

「いつになるか解らないけど」そう仰云ってましたから、思いがけない気がいたしました。（まず御礼状を）とその時思って、伝票をていねいにとり、すぐ事務所の冷凍庫に入れましたの。それで今日のお礼状ですもの。気の短かい先生、〝何て礼儀知らず。さすが水商売〟なんて決めつけていらっしゃるかもしれません。

ほんとうはそのときから心のなかに一行、お礼のことばを記し始めておりました。ところが、――そのころ、から丁度私は――私事で恐縮ですが、――「事件」の渦のまっ直中に居りまして、心が定まらず、こんな失礼な結果となってしまいました。心からおわび申し上げます。そして御礼申し上げます。ほんとうにありがとうございました。

で、それにしましても、冷凍庫に入れたおさかなたちは『その後どうしたか？』……。これが私の呆れたところなのですけれど……。

その夜のうちに、さっそく一部をお腹に入れてしまいましたの。「事件」のなかでの哀しさと、先生への有難さと、「事件」での口惜しさと、うれしいのと、激情と、ひとのこゝろの音楽とが、同時にごちゃまぜで、何か自失したなかで、ちゃんと焼いて、あぶって、チーフにも分けて、

「何て上品な美味しさかしら!!」などとしっかり味覚は働いて、舌鼓うってお腹に入れ、のどをゴロゴロ鳴らしつゝ、

「いったいこの辺で売っているあれは何だったの?」

などなど、あまりの美味しさに日常が恨めしくなったり……。

こんなこと、みっともないと表現すべきでしょうか。太々しいと評されるところでしょうか? さらにはどこか哀しいことのようにも思えます。そして、最もふさわしい表現は、まさに滑稽!

先生、おさかなたち、とても美味しうございました。あっさりした塩味で、なるほど新鮮だからこそ、と納得できましたし、イワシの味淋干しは、調味料のなかに、ちゃんとイワシそのものの、素材の味が生きていて感心いたしました。ふだん私たちが入手できる食材では、とうてい味わえない素材のおいしさ! 殊に、カマスって、まあ何とおいしいお

魚なんでしょう！　混乱したあたまのまゝで、感激して頂戴いたしました。そして、「先生にたくさん、お礼申し上げなきゃ……」そう思い続けておりました。

こゝで、ちょっと脱線いたしますが、ずっと以前、ベニスに参りましたとき、ガイド役の彫刻家の青年が「特別に」案内してくれた店がありました。

そこでイカスミのスパゲティを戴いて、あまりの美味しさに私が感激しましたら、「お土産に持って帰られますか？」と聞かれました。

でも、私はふだんイカスミなんて好きではありませんし、なまものも白身以外は殆んど駄目。日本で、日常のなかで自ら料理してまで食べたいものとも思えませんでしたから、お断りしました。

「きっと、こゝで戴いてこそ美味しいんだと思いますわ。食べたくなったら、またベニスへ参ります」

なんて気障なこと言ったらウケちゃった……。おかげでさんざんイナカ者観光客日本の裏話を聞かされるはめになりましたけど、一部は本音もございました。土地の気候、地質、等々さまざまの要素や場の条件があってこそ、のことってあると思います。味覚については、年令とか体調も係るでしょうし。

器で食べる、とも云われる日本料理では、器そのものも楽しめると云いかえることができます。

簡素な茶道での懐石膳では、何日もまえから準備し、選りに選った挙句の、亭主の精神みたいなものの味わいを見る心で膳に着きます……。

しかし、……やっぱり先生、美味しいものは美味しいのですね!! 味覚も、おいしさも、いろいろ、いろいろございます。そして心にのこるおいしさには、何かしら貴重な思い出もきっとのこっているものではないでしょうか。そしてふしぎに、……味覚も、聴覚も、視覚も、ほんとうに「佳いもの」を識ったあとで、劣るものを知るものですね。

先生、私のお腹のなかに入ってしまったおさかなたち、こうしていままでもあれこれあれこれ実にさまざまの想念を発展させております。私はほんらいおしゃべりなものですから、書き出せばきりがない癖があって、ご迷惑かと存じます。ほんとうに、ごちそうさまでした。どんなに沢山のお礼を申し上げたいか、……思いが届いてくれゝばいいな、と願っております。

8月1日から裁判準備のため、弁護士との打ち合わせが始まりました。その前から日常への揺れを起されることが多くなっていたのですが、いよいよ本格的になりました。

生活は重く、緊張したものとなっております。張りつめすぎてはならないのですが、実にするどい嫌らしい部分の多い心理的かけひきや云葉の裏の戦いなものですから……。心のどこかに、〝これはひとつのドラマ〟とでも眺める眼を持っていないと、自分にとって大切なものまで傷つけてしまうこわさもあるように思います。こんなことで、多勢や大物を相手に、たった一人で戦うことなど、考えたこともありませんでしたけれど。

例のお約束を実行するにあたっては、こんな事件で少し目算が狂いました。

もう少々、時間を戴けまして?

おそらくは双方、本当の裁判まで持ちこまずに済ませるよう弁護士同志での何かがあると思われます。そう時間もかからないと見ております（実際長びくと私も困ります）。筋が鮮明になりましたら、きっと約束果たさせていたゞきます。えゝ、一度に限らず。

この……御礼状、御わび状、……乱筆乱文のそして拙文の「いろいろ書き」と一緒に、もうひとつのお約束のテープ（ＶＴＲ）をお送りしようか、とも考えましたが、別便にいたします。

だって、それではあまりに趣きのない、ね、やっぱりへんなものではございませんか？

それに、またちょっと「おしゃべり」させて戴ける機が出来ますもの。

――先生が、「ウルセエな。ツマラないよ、第一」とお思いでなければ……。


では、もういちど云わして下さいまし。

〝おさかなたち、ありがとうございました。とても美味しくいたゞきました〟

それに御礼が遅くなって、ほんとうにごめんなさい。

そうそ、桃も！　おいしうございました！

お腹のなかで、大切に大切に使わせていたゞいてます。

御機嫌よろしう。

敬具

ＰＳ．「俺は短気じないぜ」って仰云るのでしょうね。

これ、お読みになってから。

「よく知らないくせに」

はい。スミマセン。失礼ばかりで……。

拝復

御便り、楽しくうれしく拝見しました。

こちらがあまり良い状態（？）ではないからといってMちゃんがいまの時間を楽しく有意義に過していることを書いて下さるのを気にするなんて、全くナンセンスです。先に、このことを云っとかないと、手紙も先に進めません。

Mちゃんだって、〝知ってゆでしょ〟

私はそーんなケチなバアさんでもありませんし、それどころか、そうした充実した留学生活を送っているMちゃんの生き生きした様子拝見することが、どれほど慰めになり、どんなに嬉しく楽しい思い味わえることでしょう！

ひとの人生は、物理的な時間まで含めて、皆夫々に違うものです。

こゝろや思いや価値観が、折々ふれあい、分かちあうところでの接点はあれ、同じものである筈がありません。

だからこそ、折にふれて、感動やよろこびを話しあったり確かめあったりできるときの貴重な瞬間を、ひとつひとつ積みあげてゆくことがとても大切なのではないでしょうか。

また哀しみのこゝろの整理も、結局は〝個〟にかかることですが、〝話す〟ことで整理の脈絡がつくという点で何かを築けるのかもしれません。

とはいえ、それはそれなりの〝個〟としての自然な心理的、時間的経過のなかでのことですけれど。

自分の好きなひと、大切なひとが、いつも健康で幸せで、充実していて欲しいと願わない人なんていないのではないでしょうか。

私は人生に対して、いつも真剣に、そして生きいきと向きあっているひとが好きです。美しいものが好きです（美には多様性がありますが）。

芸術には深い敬意を抱いています。

才能と、その才能を完全に向って努力するひとを眺めることが、このうえなく好きです。

いま、Mちゃんがひとつの夢を果しているなかで学び、吸収し、のびのびと、そして生きいきと「時」を謳歌している様子を知ることは、私にとってもどれほどのよろこびであることかしれません。ほんとうにうれしくてならないのです。

ですから私の方の状態や状況については、同情して下さるのはうれしいし有難いと思っておりますが、「別もの」と考えて下さいね。

私の方の細々しい状況については、わざわざイタリアに書き送るほどのことでもなく、また、書き尽せることでもありませんので、いずれまた改めて、ということにいたします。いまのあなたは、充分に現在を楽しんで戴きたいと願ってます。

この手紙が着くころは、ご主人がそちらへいらっしゃる頃でしょうか。お二人であちこちゆかれる予定ですとか。とてもすてきないいことだと思います。存分に目と耳と、――感覚のすべてを、脳とこゝろに、体験のすべてを焼きつけてらして下さい。

水とナマモノと、健康に注意して。

トスカーナ地方にもいらっしゃいますとか。新聞（同封）で怖い記事を目にしました。大丈夫かしら。でもMちゃんはツイているひとですから、きっとゆく先々で佳いものに触れることが出来るでしょう。トスカーナって、とても古い地で、その文明がローマ文化にも影響与えた部分がたくさんあるそうですね。ロマンとドラマが見えるような気がします。元気で仲良く、行ってらして下さい。

東京では先日、国立競技場で、ドミンゴ、カレーラス、パヴァロッティ、の三大テナー公演が行われました。売出しはかなり前のことでしたから、近くでもあるし、安い席でも行こうかどうしようか悩んだのでしたが結局無理してまでは入手しませんでした。

公演のあと、新聞で4～5人の著名な人々の感想を読み、笑ってしまいました。一人は大企業の社長、他の人々は音楽関係、及び音楽評論家です。

今回は、一人をのぞき笑っちゃう位の辛口感想でした（ホロヴィッツの来日のころとはまた時代が変ってきていることを感じました）。――ホロヴィッツ来日公演は幻のピアニスト、と大騒ぎされ、私は入場券欲しさにあれこれ頼み回ったのでしたが手に入らず。五万円の切符がプレミアムで十五万円でなら、と云われ憤然としてケッてあきらめたのでした。

が、TVでその公演を聞き、エーッとのけぞっちゃった！　ポロポロポロ……何だこれ？ミスタッチ！　この頼りなさ、エッ？　エッ？　アー行かずに済んでヨカッタ！　と。

ところが翌日の新聞での批評は「さすが！　幻のピアニストこゝにあり！」の文面。又エーェエーッとのけぞって驚いたものです。もうもうボロボロに書かれてトーゼンの筈なのに、ナゼ？　私の耳はオカシイのかしら。暫く自信失いましたねえ。

それが何日後かして、吉田秀和が「ワッ」とボロボロに書いて。ホッとしました。あ、私の耳だけじゃなかった、いや、私の耳の方が吉田氏と同じく正しい！　ってネ。そうしたら――ですね。ホロヴィッツはその後メタメタボロボロにされてゆきました。挙句、ビョーキだっただの、不調だの、年だの……。

時代は、かわってきています。たしかに日本人も、すこし大人になって、正直になってきていますし、耳も考えも、成長してきていると感じました。人はいつも勝手なことを夫々勝手に云いたがるものですが、本当に自信を持って自分の考えと感じ方を正直に云える人って少なすぎました（耳のわるい人も多すぎました……）。これはちょっといい傾向なのかもしれません。

同感や同意も、たゞの付和雷同ではなく、確かな自覚と自信ある思考の結果でなければならないと思います。ゆえに……今回の三大テノールの祭典は、紙上の4～5人の感想に見る限りに於て、夫々の感想を面白く読めたというわけです。

そして今夜7日、収録のものをTVで見て、聞きました。ひとの感想を読んでしまっていましたからそれらとひき合わせて見聞きする部分もつい多くなりましたが。まあ無理してまで行かなくて良かったように思えます。

ドミンゴにはね、私海外で見掛ける機会を得ています。その時は彼と知りませんでしたが。

私はオペラって、本当は殊更無知なのです。数える位しか見たり聞いたりしていませんし、ね。それでも救いはホンモノを、見聞きしていることかしら。そして可能な限り良い音のとれる席で。

アディーナの役、どうでした？　うまく歌えました？　観客の受けはいかゞでしたか？　全員揃っての稽古が、たゞ一回、とおどろいているようでしたけど、ちょっと参考にネ、お聞き下さい。

日本のお能は、揃っての稽古は一度もないそうです。夫々が、夫々に夫々の稽古の結果で。いきなりの舞台になるそうです。地謡も、笛も、鼓も、大カワも、舞のシテも、ワキもツレも。なぜ？　その一瞬の完成度をこそ、というものじゃないかと私は思います。

お能では、それがきまり。それでやっていると知った時、私は何か粛然とするものを感じました。おそらく、その分だけいかに厳しい高いレヴェルでの個々の修養が要される世界だろう、と。


お能と、オペラでは違うかもしれません。日本と、イタリアの国民性も国柄も、気候も文化も、歴史も違うように。でも、いいもの、美しいもの、すばらしいものには、それらすべてを超えて一貫する何かがあると私は思っています。アバウトと思って油断してはなりません。アバウトの裏に、能の世界と通じる大切なもの、あるかもしれません。

稽古あるのみ。磨くのみ。国の違いをこえて、認めて貰うちからをつけることのみ。

そのときはひとつひとつ、そのときの全力を賭けて自分を試してきて欲しい、そう願っています。

バアさん余計なこと云いますけど、そのための海外留学でもあるンだゾ。

いろんなことチャンスをいかして試して欲しい……。

野茂も、テニスの伊達公子も、ひとにはノンビリしたこと云ってますけど、本当は厳しくて辛い日常の部分多いんじゃないかと思います。Mちゃんだって、……。

失礼。御手紙よみかえしてみましたらトスカーナじゃなくってシチリア、サルデーニアでしたね。どーも年のせいで、だめですねえ。

何か送って欲しいもの、ありませんか？　食べたいもの、欲しいもの、あったらお知らせ下さい。

乱筆乱文これこそ……書きなぐり……というものですが、今日はこの辺でペンを措きます。

どうぞすばらしいバカンスを!!

くれぐれも身体を御大切に。そしてご機嫌よう!!

草々

Shino-O

拝復
酷暑が続いております。お元気でご活躍の御様子、何よりと存じます。
冬にはつらい早起きも、この暑さの日々のなかでは、むしろ最も〝いい時間〟になっているのではないでしょうか。Sさんは、ご出張の旅先の宿でも、早起きなさるのですか？

また懐しい地の名を伺いました。伊豆にいらしたのですね。

熱海や伊豆は、とかく俗な温泉地と評されたりしますが、とんでもないことで、実はやはり伝統と格式のある、すばらしい寮や旅館がたくさんあります。

庭園、茶室、客室、料理、……そのすべてに細心の配慮がゆきとどいた、贅沢な時間をすごせる宿が……。

それは決してキンキラキンの輝やきではなく、むしろ侘びと寂びを感じさせるもので、実に〝何気なさ、さり気なさ〟を演出しているのですが、完成度の高い空間を与えてくれます。あの辺りの、懐しい景色が目に浮びました。

さて、お借りしたい御本2冊、お返しいたしますね。次々と、すてきな本ばかり、とてもとても楽しく読ませて戴きました。〝弱者……〟は、友人と話してみたくて電話で意を伝えましたところ、

「借りるのはワタシ、だめだから、買います」

とのことで、きのう入手できたそうです。私も彼女も、読書中本を汚したり、アンダーラインを引いたり（それもスゴクあちこちに）書きこみしたりと、ヒドイ癖があるのです。彼女がどんな意見を云ってくれるのか、タノシミです。

長いつきあいで、概その見当はつきますが、同感を得たりできるのもうれしいし、案外思いがけない意見も出るかもしれません。


そんなわけで、やっとお返しできることになりました。

書きこみの代りに、その辺の紙をちぎってメモしたものを、いろんなページからぬきとりました（ヒドイもんです）。


〝世界の環境危機地帯を往く〟（こゝでの敬語はへん！）これも、とても、すごく、大変……興ふかく拝読（？）いたしました。Sさんの本の選択眼って、すごい！

ついでに脱線しちゃいますけど、そのまえの藤原氏のあの作品も、こんど直木賞を受賞しましたね。私個人としては、あの作品を読んだ限りでは〝ふーん〟という感じで、現代の選者、いかにも、の感なのですが（正直すぎ！ 失礼です！）それよりSさんの眼力に

〝ハハッ！〟と敬服覚えました。スゴイ！　ホントに！

Earth Odyssey、はまたすてきな本でした。さすがにルポライターの文章で、たぶん役者もよかったのだと思いますが、さいごの章を除いては、感情をセーヴした、実にリアルなタッチで書かれていて　ちょっと胸がどきどきしました。

いつかどこかで覚えのあるタッチだなあ……と、そんなことにも少し心が捉われて。自分の目でみた、ふれた、聞いた、その実際体験が、よーく出ていましたし。まとめのなかでは、みずみずしい情熱をもって自分の考えが述べてあり、うっすらとした微笑と涙をもって拍手。

タイで。メナム川のこと。車のこと。私も実感したことがあります。上流で少女が髪を洗っている。また主婦が米をといでいる。又下ってゆくと子供が泳いでいる。ゴミを流している人もいる。

私は船が水をけたてて進むときにあがる水しぶきを、顔や唇にはねかからないよう、ずいぶん気をつかったりしたものでした。うっかり大口あけて笑ったりしようものなら！

そして、いま、こゝにいるワタシは、この国を通過してゆくだけの観光客なのだ、としきりに思ったのでした。

そして、タイやシンガポールの車！　まったく、まったく同感で、同じような体験。

ちなみに、私は一度の旅行で一国だけ、という旅がほとんどでした。○○ツアー、という○○〜○○〜○○という旅行は向いていないのです。それに団体というのも。

友人と行った旅行で二度、と一人で参加したのが一度（それも特殊なものでしたので）あることはありますが、それ以外は一国ずつ、一人旅。短かければ8日、長くても10日くらいの旅ですから、それほどあちこちの国々はまわれません。

それに、一つの国といっても広いでしょう？　そのうちの、何ケ所かに足をのばすのがせいいっぱいですし。旅に出るときは、どこへ行って何を見たいか、わりにはっきりと目的が定まっています。海外へひとりでゆくというと、皆におどろかれたり、呆れたりされましたが、一人旅が好きです。

でも、夜に飲みにゆくとか、あそびに出たことはゼンゼンなし。第一に安全をモットーにし、カメラも持ちません。夜あそびどころか、日中の観光でへとへとになりますし、ヨーロッパなどではディナーは9時ごろから始まり、12時ごろまで、と長いでしょう。

ホテルに帰って入浴したり、翌日のための準備と、絵はがきを書いたりするだけでせいいっぱいでした（勿論、ガイドと、運転手、車、は別立てしましたが）。

それに、ひとり旅は常にいつも緊張していなければなりません。いろいろな意味で一日が〝めいっぱい〟というところです。若い時代とちがって、年令によってはずいぶん贅沢な旅をしたなあ、と振りかえっています。


今回の本のなかには、かつて私の行った国が多く書かれていました。レニングラード、モスクワ（旧ソ連ペレストロイカの前の時代）、何て何て、何て懐しい！

でも、私は美しいもの、佳きものを求めて行った……。

でも、Mr.マークは、〝あって欲しくない〟ものを見るために行ったのですね。

ロシアの旅の思い出は、私にとって忘れがたいものがありました。美しいもの、佳きものを求めて行っても、その国の人々との会話や、システムのなかに、意外な発見をすることも多いものです。

通過するだけの、一観光客とはいえ、心のカメラでとらえた様々のおどろきや印象や、疑問や、破れめや、矛盾、落差、貧困、なども、たくさんのこっています。

一方、忘れがたい一期一会の、ひとのあたたかさやセンスや、共感や、……多くの人間的なもの、もしっかり焼きついています。

そして北京。こゝは、旅程をくりあげて、急に帰国することにしたのでしたが、ふしぎに強い印象がのこっています。Mr.マークとの会話を読んでいて、あの国のひとの不可解なまでのつよさを思い出しました。民俗性が顕著にあらわれていて、内容とはべつについクスリと笑ってしまいました。アフリカ人のそれと、似ているようでちがいますね。

ブラジルは行ったことがありません。行ったことない国、たくさんあります。行ってみたいところも、たくさんあります。

飢えと戦争、車、石炭、核、森林、……。〝個〟としてのちからは、もう及びません。

でも、Mr.マークは〝個〟からやろう、できることもある、と述べています。そして大きくは政治と経済からと。全く、全くその通りだと、ほんきで思うのですが、……。

――ホントにね、資本主義と共産主義と独裁政治（?）の、良いところだけをとって、というわけにはゆきませんものね。日本のなかでは、いま少うし、変れるかもしれない、そんな風が吹き始めているのかもしれません。でも、まだまだ時間がかかりそう。世界のレベルでは……ウーン、どうでしょう。

Mr.マークは、ルポの著作を発表することで、世界に大きな種をまきました。でも、自分の足で歩いた、その先々でも、小さな種をまきながら旅してきていますね。その点で、私は共感と感動と、……拍手……を覚えました。これこそ人間的。

いい本をご紹介下さって、ありがとうございました。すてきな時間をいたゞきました。それから、——お便りのお食事のおさそいの件なのですが……これ、だめです。Sさんと、手紙のようなおしゃべりがしたい、とは本気で思うのですが、……お食事、だめです。現在の私は、運転も思うに任せず、(夜、一人で走ったこともなく) ヒキコモリがすっかり身にしみついてしまって、エテカッテ、ワガママで、オソロシクコドクになっておりますので、たぶんゆけません。

御厚意は、とても有難いのですが……。　↑これ、ケンソンじゃないのです。もし、Sさんがよろしければ、(スゴイ貧しいアバラヤですが) ウチへ遊びにいらして下さい。犬が同居しておりますので、それも覚悟して戴かなければなりませんが (クサイ、キタナイ、マズシイ、何もナイ、……4E〜7E位?)。

猛暑です。御身体、お大切に！

敬具

Shino-O

S医師
前略御免下さい。

お薬の小包、今日28日確かに拝受致しました。

本当は昨日27日に配達されていたらしいのですが、二つあるポストのうち、普段使っていないほうに入っていたものですから発見するのが遅れてしまったのではないかと思います。おそらく一方がダイヤル式のものなので、開閉出来ないと判断され、差し入れ口からは入らない大きさであったことから、古い奥の方のポストに入れて行って下さったのでしょう。昨日は一日中雨で、わたしも奥のポストはのぞかないでしまったのでした。

御礼申し上げます。


ずっとずっと、長いことご無沙汰してしまいました。

先生のお体のことを始め、いつも心にあったのは事実でしたがどうにもお話にならない状況が続いていたものですから、何度となく電話に手を伸ばしながら掛ける勇気が出せず、お手紙綴るだけの気力も無くして居りました。本当に申し訳なく存じます。


今回先生にお願いするに当たり、さんざんご無沙汰の限りを尽くしておりながら　唐突に直接お願いするのはさすがに気がひけました。それに何より先生ご自身の、その後のお身体のご様子も心配でした。お元気でいらっしゃるかしらとはらはらするところも覚えて居りましたし、いつも先生のことを考えたり思い出したり、お噂する度、常にお元気で在って戴きたいと願っていたものですから。

T君が帰京してからは、落ち着き次第、先生のところへご挨拶に行って貰えるチャンスもあると考えて過ごしました。しかしそれもなかなか思うに任せず、既に状況も変化して居りますことから、そうそう自分勝手な頼みも出来ずに今日まで来てしまったという次第です。

フィラリアの季節はいつも一つのきっかけになってくれます。

今度こそ、と決意して、先生の所をお訪ねすること、そして、その前に先生に電話差し上げることをT君に頼み込みました。ですから本当はT君が、御病院に伺うはずだったのです。T君自身も先生とお目にかかれることを楽しみにしていたと思います。でも、いざとなると、やはり色々の状況が少しこだわりになったのかもしれません。

折角都内にいるようになったのに、結局は伺わずに　電話でお願いをお伝えしてしまったようですから。ほんとうにいろいろと失礼してしまいました。どうぞお許しください。

こちらに来てから、やむなく三軒の動物病院に参りました。

そのどれもに、実際、やむを得ず、と表現するしかない係わりで、いつも疑問や不信を覚えたり、不安だったり、イライラしたり、情けない思いをたっぷり味わっております。

今年の春、ヨークシャーのメスのアリスが足を悪くしたときは、家から車で5、6分の所に新しく出来たばかりの獣医科医院に参りました。決して悪い先生とは言えませんが、ほとほとうんざりさせられるのです。

そういうことに出会う度、先生のお顔が心に浮かび、一層情けなく心細く落ち込んだものでした。都内だったらなぁ、と幾度思ったことかしれません。先生がお元気でいて下さって、またこうしてお願い出来て、ほんとにうれしくてなりません。

先の御様子では、入院なさったり、相当につよいお薬をお飲みになって居られたり、ずいぶんと心配でした。また入院などなさって居られたらどうしょうと。

前にも書きましたが、先生はお元気でいて下さらなければ。世に有用の方にはずっとずっと、いつまでもいつもお元気で活躍していて戴かなければ。どれほど多くの人が頼りに思っているかしれません。

勿論、私自身その一人として　常に先生をこころ頼みとさせて戴いております。

どうぞこれからもくれぐれもお身体お大切になさってらして下さいね。もういちどお願いしておきます！

アリスの足は、いろいろ検査した結果、もう高齢だから治らないかもしれない、と言われ、投薬と通院だけが長くなりそうでしたが、日常の様子から回復すると見えましたので、強いお薬はやめ、食事をコラーゲンの多いものに変え、禁止されたのですが無理のない程度の散歩を続け、毎日私がマッサージしているうち、すっかりよくなりました。たしかに多少バネが効かなくなっていますし、石段を駆け上がるのは以前の半分くらいでやめてしまいますが、今は普段の歩行にそう支障はないようです。

フロントラインのことは、新聞広告を見て使ってみたいと思いました。庭で過ごしている柴犬のぽん太には必要ではないかと思ったのです。それで、丁度そのときかかっていた獣医科医院で申し込んでみました。おかげで昨夏中は安心して過ごせました。

犬の散歩で出会う婦人にダニの相談を受けたときもフロントラインを勧めて差し上げ、結果がよかったことで喜ばれました。

ぽん太には、まだ一度もこちらでダニがついたことはありませんが、予防出来れば安心です。

毎年フィラリアの季節が近づくと、三つの病院それぞれから葉書が届きます。でも、今年はまた先生にお願い出来たのが、とてもうれしいことです。先生、ありがとうございました。

抗生物質はワン公たちだけでなく、私にも必要なお薬でした。人間用の病院はもっとひどいヤブばかりなのです。それでいていつも妙に混んでいるのが解せない所ですが。眼科、内科、外科、歯科、すべて、やむなくあきらめたうえで覚悟してかかるほかありません。あまりに熱意が感じられず、あまりに一络げで機械的にこなすだけで、いつも結果がお粗末ですと、この地方では何か人間的なものが欠落しているような気がします。学識レヴェルとか技術の問題以前のところで、感情的触感が枯渇しているように感じられることばかりで。

物事に感動する生き生きしたこころや、才能や美しいことよきことに敬意をはらったり、ひととひととが温もりを感じあうなんてことが見当たりません。又、率直なことは敬遠され、シンプルな言動は警戒され、異質なものとしてはじかれてしまう傾向があります。

そしてまた、いったん事が生じたとき、大声で助けてと叫ぶ声が聞こえていても、見ざる聞かざるを通して平気、一方では常に私こそ俺こそそのお山の大将ばかりですから、見方を変えればある意味では現代的土地柄なのかもしれませんけれど。

そんなことばかりなものですから、私は自分の事に関しては、可能な限り自己治療と予防に努めるようになりました。そのお陰でこの年齢になっていながら、以前より少し自然治癒の能力が増したような気がします。


オールドのブッチを亡くした翌年、アリスの夫、ムウの父親にあたるヨークシャーのポウが逝ってしまいました。一般の年齢からするとかなり早くから老け込んで見えましたが、彼は彼なりに結構元気で充足した毎日を送っていたように思えます。それでも既に二年くらい前から老化が目立って来ていましたので、気をつけて扱っていました。

前の日まで彼なりに元気に過ごし、翌日、たった一日で一変して逝ってしまいました。

ブッチを亡くしてから、大きく空いたまま埋める事の出来ないさびしくつらい虚しい穴の中に、ポウの死がカランカランと落ちて行く音を聞く心地がしました。

そのころ、何度先生にお電話差し上げたい思いに駆られたことかしれません。

ブッチが逝った後、一家のボスの座を引き継いだアリスとポウの息子のムウは、その役目を果たそうとして一生懸命でした。ブッチがボスとして存命中は、ムウはかなりそれが不満でちょっぴりヒネていました。自分の方が兄貴分としてボスにおさまりたかったに違いありません。

けれどもなにぶんからだの大きさがちがいすぎました。不満と鬱屈をためこんでいた彼は、時々思いがけないいやがらせや、少しばかり陰険に感じられるいたずらをしたり、事あるごとにブッチにケンカを売ったりしていました。

もちろんブッチのほうが全くとりあわず、歯牙にも掛けず、穏やかでやさしい性格であることを十分知ったうえでの腹いせなのでした。

幼いころ、ブッチはアリスを母と慕い、ムウを兄としてその後ろについてまわって、不器用に無邪気にそして野放図に明るい、愛すべきおばかさんだったのです。

ブッチのことは、いまだに一日として思い出さない日はありません。思えば今でも胸迫る哀しみとせつない恋しい思いとで感情が高ぶってしまいます。

ボスの役につくということは、犬の世界でもきっと大変なことなのかもしれません。その責任感には大きなストレスも伴うものなのではないでしょうか。

それまでのムウは、母のアリスの体質に似て、消化器系統が丈夫なのが取り柄のひとつでした。ところがボスの座についてからは、父親のポウの体質寄りに変わって来たらしい傾向が見られるようになりました。

さらには、ブッチの病気の初期症状を思わせるようなことが度々目に付くようになっています。胃が悪くなったり、下血したり、下痢を繰り返したり、テスミンだけではなかなか効果が現れないことも多くなりました。

食事の内容を変えてみたり、胃の薬を与えたり、毎日の散歩で採取する便を調べてはいろいろの方法で対応してみました。ムウ自身は、割合それでも元気にしていることが多いのですが、時には本当に具合悪そうにくったりしていることもあります。

ブッチの時のことが思い重なって、はっとしたり心配でどきどき　ズキズキしたり、いたたまれない哀しみに襲われることもありました。現在の所はかなり落ち着いて健康を保っているように見受けられますけれど。

ある日、アロエとヨーグルトが胃の潰瘍などによい効き目を現すという知識を得て、この2、3ケ月ほど、一日2回、ほんの微量の整腸剤と一緒にそれを与え続けています。そのせいではないでしょうか。以来ずっと便もほどのいい、いろとかたちと柔らかさで、下痢も下血もみられなくなりました。しかし勿論ちょっと食べさせ過ぎたり、消化の悪いものを与えてしまったときは、たちまち独特の口臭がします。

気をつけているのですが、ともするとほしがられるとつい甘くなってしまったり、それにムウには不思議な盗み食いの癖があって油断できません。

『ムウ、おまえはこの家で生まれて育って、一度も売りに出されたことないだろ。だからそう育ちがわるい訳ではないはずなのに、いったいどうして盗み食いなんて品の悪いことするのかね?』と、T君にも言われていましたが、これにはやはり訳があったのです。

本来ムウは、明るい性格でいたずら者でした。元気いっぱい、のびのびと適度なわがまが楽しいやんちゃ坊主だったのです。

それがある日、テーブルの上にあった一匹の焼き魚、さんまをくわえて、ずるずる引きずっているところをみんなに発見されました。その様子があんまり楽しかったので、わっと受けてしまいました。

もともとジャンプ力に恵まれていて、高いところにいるのが好きでした。留守番させて帰宅すると、得意げにテーブルの真ん中にちょこんとおすわりしていて、その様子を見てもらってからお帰りお帰りと飛びついてくる癖もありました。

さんまを一匹ごと盗もうとしたのが大ウケしたことで、彼は盗み食いが楽しい事だとインプットしてしまったのではないでしょうか。

今は気をつけていますが、以前はのみさしのコーヒーがきれいさっぱりなくなっていたり、とんでもない所に大きなパンがかたまりのまま隠されていたりなどは度々のことでした。T君の家に長く逗留していたときは、びっくりするほどの大きさの柿を、留守番させられた腹いせにまるごと食べてしまっていて、柿色の便を3、4日も続けてしていたそうです。そんなわけで、油断のならないムウですが、体調の変化を見てからは相当に注意して過ごしています。

きっと人間でも、お利口さんとか良い子であり続けるということは時にはプレッシャーになるのかもしれません。

ムウは、ボスの座を継いでからというもの、ウケをねらったいたずらは相変わらずとはいえ、腹いせすることはぴったりやめてしまいました。しかも一度もだれも教えたことがないのに、いろいろなお知らせをしてくれるようになりました。

殊に、うっかり忘れてお鍋を焦がしてしまった私を気遣うようになったらしく、お湯が沸いたり、コーヒーが沸いたりすると必ずお知らせしてくれるのです。お鍋が煮え出しても、駆け寄って来て忙しく慌ただしげに駆け回り飛びついてひざを叩き、独特のほえかたで私がそれと気づいてガス台の前に行くまで『沸いているよ！　煮えてるよ！』と知らせ続けてくれるのです。これには驚かされました。

来客があればすぐ知らせたり警戒したり、雷が鳴ると恐れて気が狂ったように暴れてありとあらゆるモノを壊してしまうぽん太の気配をいち早く察知して様子を窺い、心配し、生まれながらにボケの入っている母犬アリスの粗相を気遣って、頃合いにトイレのお誘いをし、時々いろいろなことを話しかけて慰めようとしたり、実に聞き分けのよい賢い犬であろうと努めているのがわかります。

あんなにぼうようとしたところのあるブッチでさえ、やさしくて優しくて、はっとするほどデリケートな心遣いを見せてくれました。でも、そういう自己抑制が多くあり過ぎると、やはり何かしらのストレスになって無理が生じたりするのではないでしょうか。

主人がよろこぶことだけがうれしくて、ほんとうは好きでもなく食べたくないものでも無理してまでうれしそうに食べて見せたりする場合さえあるということも、知ってきました。そういうことが胃を悪くしたりする原因やきっかけになるとしたら、

『もっとのびのびのんびりしていていいのよ』

と言いたい気がします。けなげすぎて哀れです。

盲導犬や聴導犬などはどんなものでしょうか。近年の私は、ああまで抑制され、訓練されてすばらしいお役立ち犬である彼らの日常の中に、野放図に解き放たれる時間があってほしいなと、胸痛むような感じを覚えたりするようになりました。

従順に仕事しているときの彼らの様子をじっと観察する限りでは、どうしても生き生き

した喜びを感じているように見えないのです。むしろ警察犬とか災害救助犬などのほうがまだ精気に満ちたものが見出せる気がしています。これは私の見方が片寄っているせいなのでしょうか。

手紙を書き出してから二日にわたってしまいました。余分なことどもを長々と綴ってしまいましたこと、どうぞお許しください。

お薬料、ここに同封させて戴きますのでご査収下さいませ。端数はわずかですので送料などに充てさせて戴ければ幸いでございます。

頼みの先生、お優しい先生に感謝申し上げます。老犬３匹、老女１匹のためにも、なにとぞ御身お大切になさって下さいますように。ありがとうございました！

敬具

御機嫌いかゞですか。

厳しい暑さの毎日ですが、10月ごろまで続きますとか。この先、もっと酷暑になるかもしれませんね。

きのう、23日、午後8時、東京オリンピック2020が開幕しました。無観客ということで、開始時刻を繰り下げたのかと思われます（有観客なら、その帰り足という心配が生じますから）。

日本に集まったのは、205に及ぶ国々。総勢1万1千人という選手人数だそうで、おどろきました。いったい、いつの間に、これだけの国々、選手たちが訪れてきていたのでしょう！（2、3ヶ国の入国はTVで見ていましたが）。

各国の入場行進だけでも、2時間以上かかり、開会宣言や祭典のすべてが終るまで、4時間以上かかったのです。ご覧になりました？ 私はぜーんぶ、さいごまで、（やたらしっかり）見ました！ そして、たゞたゞおどろいてしまいました。呆然、茫然です。

この、コロナで混乱、混迷している時機に、ギリギリ間際になってまでいろいろゴタついて、催しに関わるひとが3人も脱けて、おわびの会見、非難の渦に、聖子チャンもくたびれ果てていたはず。なのに、なのに、これまでのオリンピックに見劣りしない、立派な〝開幕〟にまで運んだこと。祭典のさまざま――いったい、いつ、どうやってこれだけの人々を集めたり、集まったり、選んだり選ばれたりして稽古したり練習したりリハーサルを行ったのでしょう！ ↓首相としては、ウーン、だったけど、

森喜郎（懐しいデス。ワタシ、かつて彼と会ったことがあり、ある瞬間を共有したコトが）

が辞めさせられ、橋本（元？）聖子に全体の責が押しつけられ、やれ酔っぱらって、スケートの高橋に迫ったとか、酒グセがわるいとか、夫が暴力団がらみだとか、――もう何の彼の言われ、書かれ――でも、がんばったんですね。

こんな大きな、〝世界の祭典〟を、まとめて、開幕させた、これは、すごいことだと思いました。日本に来た海外の選手たちは、選手村に集合するまでの夫々のトレーニングを、夫々に思い入れのある各地に散らばって行っていたということも、きのうになって、はじめて知りました。（殺された医師中村さんの故郷とか）ひとつひとつに、さらなるドラマが積まれていたのです。

そして、実際の運びにからませて、NHKの映像が実にうまく入って、これも、いったいいつの間に編集したのか、それらの総合リハーサルは？と、目を瞠りました。

今回のオリンピックは、反対の意を唱える人も、相当多く出ました。それでも菅さん、小池さん、聖子チャン（バッハはもちろんのこと）らは、まるでゴリ押しするように固く決意したかのように、〝やる！〟と前に前へ、進めてきました。

私は、石原首相のころ、（まだまだ次の開催国が解らない頃）町内会で回ってきた「日本で！」という署名運動――に、サインしませんでした。一度やったのだから、まだ開催したことのない国へまわしてもいいんじゃない。そう思うところもあったもので（その他、いろいろ……思うところあって)。しかし、日本にきまりました。「お・も・て・な・し」の、あの魅惑的笑顔が、効いたのだと思っています(袖の下もあったかも)。ふうん。――それでもその程度の感想。笑顔は、たしかにすてき！　と。滝川クリステル、いいね！　と。

ところが――「中国の細菌兵器研究所から洩れた、コロナ兵器のせいで世界は、パンデミック」オリンピックどころではない。世界中が、混乱。もはやお流れになるかと思いましたが、「1年の延長」。ワクチンさえできれば、――ワクチンさえ打てれば。

バッハも、菅首相も、あきらめない。小池さんも、聖子チャンも「やる！」の色濃く。いったい、この費用は、どーなるの？　この大赤字は、どーするんだ？　と、この時点でも思いました。そうでなくても、非常時(コロナ)赤字が、これだけふくらんでしまっているのに……？　税収も少なくなっているだろうに。

――たぶん、彼らはこう思っているのだろう、〝前代未聞のコロナ災厄のさなか、それでも開催した偉業は、世界の歴史に刻まれるだろう〟と。

――たしかに、きのうの式典を見て、それも外れてはいなかったと確信を得ましたが、それだけではなかった！　コロナの件だけでなく、さまざまの国々のなかでは、戦争あり、差別あり、血なま臭く、ドロドロの問題が生じて続いています。

けれども、オリンピックに集まる国々や選手は、そんなことをまったく感じさせない。オリンピックは、〝聖行事〟だと、大きな感動を覚えつゝ、思いました。開催することの意義がたしかに実感になりました。

4時間以上にわたる放送を見て、疲れ果てはしましたが、多くの発見があり、感動が生れてきていました。

――オリンピックの歌を歌った、○○高校と△△高校の数人の生徒たち。この子たちも、いつ、どうやって、誰に選ばれて出場したのかわかりませんが、おどろくほどの混声コーラスの美しさで、胸うたれました。(この子たちは、いずれ音大声楽科へゆくことだろう)なんて思いながら、その清らかな音声に、耳と心が洗われるようでした(ウィーン少年合唱団の清らかさと並べる!)。数々のおどろきで、目が丸くなった……開会祭典。

バッハの挨拶は、長々しくてうっとおしいだけでしたが、聖子チャンのスピーチは、心にひびくものでした。とても良い内容でしたね。私はうん、と肯きました。アッパレ。聖子チャン。よくやったわね! 偉かったねえ。いい指揮をとったね!

都知事の小池サンは、そのまえの会見のときまでの服装で駆けつけたようで、騒がれていたような――どんなカラーの服装か、――みどりか白か――色にこだわり、色を象徴とする彼女の選択、或いは和服か――などという説からはまるでかけ離れ、例の「風呂敷」

をスカーフにしたまゝの仕事着スタイルで控えていました。やはりすこし、疲れを感じさせる様子で（フロシキをスカーフにしていることは、小池サン自らそう言ってました。

——さて、きょうは25日（日）。大会2日めです。

柔道、水泳、体操、サッカー、アーチェリー、ソフトボール、……多くの予選、準々決勝、準決勝、決勝試合が進められています。テニスやアーチェリーなどの屋外の競技では、暑さで倒れる選手が出たり、試合時刻を遅らせる要望が出ています。

日本の、この、夏の暑さは独特ですから、無理ないことでしょう。開催時機がせめて10月半ばごろであったら、良かったのに、と思いました。ド・ムシ暑さ、ド・台風期、加えてド・コロナです。1年、と限らず、あと3ヶ月、遅らせていたら。

コロナワクチンも、もうすこし普及して、いまよりは落ち着き、台風も少なくなる。暑さはおさまり、秋晴れの日が。とは思っても、やはり、何らかの約条や、規則や、思惑があってこの時機に決められたのでしょう。

——それに、もうすでに始まってしまっているのですから、いまさら、のこと。ま、やむなきこと、ですか。

それぞれの国の、内紛や戦争や……を抱えながら、国を代表して出場している選手たち。才能にプラスして、ひとなみ以上の努力と習練を積み重ね、ここに至る勝利を勝ちとり、

〝国旗〟と〝栄誉〟と自負を掲げ背負ってこの場に立った選手たち。人生の輝やけるときを、輝やいて、〝世界一〟の舞台に立った選手たち。ここに来るまでにも、そしてここ、この場でも、さまざまのドラマが生れます。

その日の、ほんのちょっとした調子で、思いもかけない結果にその、〝ちょっとした〟瞬間を、私も何度か見てきました。

「オリンピックには魔ものがいる」そんな言葉もあります。

今回も、種目を鉄棒一本にしぼって出場した内村航平が、演技途中で鉄棒から落ちました。〝何だか、何が起きたのか、わからなかった。気がついたら、あ、俺、落ちたんだ、と〟そう言ってました。ほかにも、優勝候補だった選手が、予選落ちしたり、思いがけない失態を呈してしまった選手もいます。

本番での、ふとした瞬間。取りかえしのつかない、一瞬。そうして、思い出します。冬季オリンピックに出場したときの真央ちゃんを。

あれは、彼女と、長年のライバルだったキム・ヨナとの最後の対戦。キム・ヨナのお色気にあふれたスケート演技に対抗すべく、真央ちゃんは、ロシアのタラソワコーチについて、彼女以外だれもまだ出来ないトリプル・アクセルだけでない、真央カラーを打ち出そうと練習をつみ重ねていました。

フリーで選んだ曲は、ラフマニノフの「鐘」。誰もが、〝どうしてまた、あんな沈鬱な曲を？〟と不思議がりました。実際、曲のはじめの、重厚さ、振りの間合を取る難しさ、私も彼女が曲の重々しさを生かすより、それに負けてしまいはしないかと、心配でした。

が、本番。真央ちゃんは、みごとなスタートだったのです。そして、一度めのトリプルアクセルも成功。続いて2度めで、氷にひっかかった。つまずいて、――転びはしなかったものの、一瞬、姿勢が崩れた――。予想外のこと。当の本人こそ、どれほど衝撃を覚えたでしょうか。けれども、つみ重ねた習練が、そのあとを支えて体が動き、彼女は曲の重厚さに負けない、彼女の足りない部分を補って余りある、美しく品格に満ちた氷上の舞いを見せてくれました。それはどこか、能に通じるものがあって、いずまいを正し、息をのんで見守る、張りつめた3～4分間になりました（「あっという間に、終ってしまいました」と、真央ちゃん）。

結果は銀。技術で冒険を避け、安全なテクを駆使し、匂うような女らしい艶やかさで見るものを惹きつけ魅了したキム・ヨナの「スパイ・大作戦」（007）が、金。

フィギィア・スケートの審査、判定にはもともとが「うさんくさい」という定評があります。開催国よりの甘い判定があったり、とかくの問題も浮上したりしました。そうでなくても、――この世界の裏側ではいろいろある、ということも、――荒川静香さんも、ふと洩らしていたことがあります。いや、ほんとうは、音楽の世界（クラシック）でも、ほら、ピアノやヴァイオリンのコンテストなど――で、何かと難しい「コト」があるのは、（近頃では）知られてきていますものね。

――キム・ヨナの柔、真央の剛。キムのおいろけ、真央の品格。

私は、二人に、金をひとつづつ、出すべきだった、と思っています。

キム・ヨナの「安全なノーミス」真央の困難への挑戦と克服、そして小さなミスひとつ。あんなに対照的なレヴェルの高さは、較べようがないものでしたから。

――柔道に於ても、かつてひどい誤審がありました。

オリンピックではありませんでしたが、ボクシングの世界戦では、あきれるほどあからさまな誤判定がありました。

スポーツとはいえ、その種類によっては、まださまざまのムズカシイ「コト」が多くあるのだと、わかるようになりました。

――サッカーと、ラグビー、どちらが好きか、と聞かれたら、私は迷うことなくラグビーを挙げます。

長年〝ガマ・クラブ〟でラグビーをやっていたT君などは、サッカーの試合を見るたびに、腹を立てます。

〝役者じゃあるめぇし！　汚ねえ！　オイ！　コラ、立てぇ！〟

（これがラグビーだったら、どーなるか？　と私もオドロキ）

相手チームに、イエローカードや、レッドカードを出させんがため、実に巧妙に転び、痛がり、倒れ込んでみせる場面、多々。ひと息いれるための時間かせぎも。大仰に騒ぎを起こし、一方では意識的にワルを働くヤカラも出ます。たしかに、あまりに安っぽい演技のときは、シラケますね。

どうも、競技によっては、高学歴の選手のものと、学業オロソカ集団とでは、試合の内容に差が生じるように思えてなりません。それは、個人競技でも、ふとしたときに表出することがあるものですが。

――そうこうするうちに、オリンピックは終りました（閉会式では、小池さん和服でしたね。偉い、偉い）。

今回、日本では史上初という多数のメダルを獲得しました。なるほど。これこそ「地の利」というものなのだと感慨を覚えています。アウェイでは、こうはゆきません。

〝皆さん、ご苦労さまでした。お疲れさまでした。そして、ＡＲＩＧＡＴＯ〟

の文字が表われてきています。

日本国内では、もはや「制御不可能な　コロナ感染者数の増大」……。17日からは、パラリンピックが始まります。私は、これは「見ない。」

それが終ると――競技に使われた施設などを、今後どうするのか、またガヤガヤ騒ぎになるのでしょう。どうぞ賢く、まるく、有効な方向で、収まってゆきますように。

台風が、8号、9号、10号……と続いてきています。前回被害が大きかった熊本など、またしても危うい。気の毒です。他ながら、どうすることもならず、はらはらしています。

――八月は戦争記念月。

TVで、掃除機をかけていた手を止めて、長崎の原爆記念式典に見入りました。92才になられる婦人が、被爆者代表として記念碑のまえに立たれました。正装で、きちんとした御様子、原稿を読み上げるのもはっきりとした口調で、実にご立派でした。

かつて入場したことのある資料館の写真が、心によみがえってきて、胸にせまるものがありました。

――もうひとつの8月。

日航機の事故。あんなひどい事故で、それでも助かった人もいました。それもあって、なお、ロシアの旅（ソ連）は生涯忘れることができません。モスクワで、ニュースを聞いたときのおどろき。

――バウチャー、空港、ホテル、モスクワ、レニングラード、エルミタージュ、（冬の宮殿）夏の宮殿、国内便のボロ飛行機、ヨレヨレ、ボロボロのチケット、トイレ、果物、お菓子、トリの丸焼き、予約のゆくえ、パイロットの昼食、専任のガイド、とドライバー、長いドライヴ、直線の道路、そして花。大輪グラジオラスの、大きな大きな花束。熱い握手。大河。白夜。……

……日航機には、坂本九も乗っていたのでしたね。

――15日は、終戦記念日（今日はまだ13日ですが）。

草笛光子と黒柳徹子が、当時の幼いころの思い出を語り合っていました。疎開のこと、家族のこと、食べもののこと、手作りの洋服のこと、終戦当日のこと。

（私たちは、）戦争そのもののことは殆んど体験もなく、知ってもいませんが、聞くほどにそれらの情景が目に浮ぶようです。

――第2次世界大戦が終った8月。

8月は、戦争に関する映画も、たくさん上映（TV、スターch、映画館……）されます。ホロコーストをはじめとして、ヨーロッパ各国、アメリカ、日本……。何と多くの事実、ものがたり、があることでしょう。忘れないために、戒めるために、――しかし、その後のベトナム戦争は？　アフガン・イラクは？　ロシアの侵略は？　中国は？

8月。七夕、浴衣、花火。ほおずき、すいか、うり、うちわ、扇子、水の音。

むかし、熱中症などということばは、なかったように思います。

PS．忘れるところでした。とても大きな感動を得た競技でしたのに。

今回のオリンピックでの野球のこと。日本のチームの活躍ぶり、ほんとうにみごとでしたね。

まず、どんなときでも、慌てず騒がず。冷静で、粘り強く、一丸となって協力しあい（まさにチーム！）実に「お行儀」が良かった!!

監督が、第一、あたたかく、おとなしく、しずかなひとに見えました。選手の人選も、すばらしくよかった！

（稲葉さんという人の、選別眼、その信念のたしかさがよく表われていました）

既成のスター選手だけを寄せ集めず、ルーキーをみごとに生かし、のびのびと力を発揮させ、「チーム」を信頼していました。ここぞというところで、巨人軍からたゞひとり選出された坂本が、自ら「バントさせて下さい」と監督に申し出たそうです（スターバッターが、バントですって！）。

そして坂本は、ホントにすばらしい「バント」を成功させてチームの加点に功を奏しました。

ルーキーの放ったホーム・ラン。ルーキーの、さいごまで落ちついた堂々たるピッチング。見守る監督。しっかりした守護陣。いやあ！　みごたえのある、すばらしいチームプレーの「野球」でした。あの坂本のよろこびよう！　とびはねて。監督を称え、チームを称え――3年後の、パリ・オリンピックでは、野球競技は行われないそうですね。残念です。とはいえ、日本のチームが、「野球」で金メダルを取ったということは、これも歴史に刻まれることでしょう。ついでに、品位あるお行儀の良さであったことも、記録添書しておいてくれればいいな、と思います。

今回のチームメンバーのすべてに、稲葉さんという監督に、それから稲葉さんを監督に選んだ人々に、心からの敬意を表したいと思います。そして、運と好機にも、感謝を。

すてきなプレー、ＡＲＩＧＡＴＯ

拝復

美しい筆字の見舞い状、ありがとうございました。いつも感心しつゝ拝見しています。

――静岡での、グランシップ音楽祭、直前になっての中止だなんて、ほんとうにお気の毒でした。

直前も直前、「さぁ、では！」という時だったそうで、ええっ！　とおどろく御様子、がくぜんたる思い、察して余りあるものがあります。可哀そうに。ホールに入っていた観客は、どうなったのでしょうか。かかった費用の清算は、どうなるのでしょうか。

都内に向う新幹線のなかで、〝しょうがない〟とあきらめながらも行き場のない口惜しさをかみしめていらしたことだろう……と切なく想像しました。

そうでなくても、あれも、これも、何かと活動の場が制限されているときですものね。あゝ！　ひたすらにお気の毒で無念です。

しかし、めげても負けるな！　です。

今後も、ありとあらゆる機会を、逃さずにカチカチ喰いついて行って下さい！

心からそう念じています。

――先日、落雷に遭いました。

夕方で、台処に立っていたのですが、突然すごい音がして、TVの音と映像が消え、照明が消えました。ご近所に落雷したと思い、「停電だわ、」と。それにしても冷蔵庫とクーラーは動いていましたので、「変だナァ」。

で、ブレーカーが落ちていないかどうか確かめ、TVのリモコンをいじくり回し、（T君）照明スイッチをパチパチやっているうちに、どちらも何とか元に戻った……のですが、そばやさんに出前を注文しょうと、電話器を取ると、ツー音がしない。番号をプッシュできないのです。いくらやっても、コンセントをしらべても、どうにもならず、「む？　む？む？　……コレは……」

慌てて1Fに下りてみると、本棚とネコの部屋は変りない。ところが隣の、PC・ルイちゃんの部屋では、点けていなかった照明が煌々とついているではありませんか！

ここに至って、私は結論！「よほど近いところに落雷して、ウチの配線に、電流が流れた」のだ、と。断言。

T君は、「ん……」と半信半疑で煮えきらない。

家中すべての配線ではなかったらしく、それがどういう具合にどう電流が流れたのかはわかりません。

その後、給湯機に異常が出ました。部屋のリモコンが壊れて使えなくなり、浴室の表示が、パタパタ動いたと思うとももとに戻りました。まるで、こちらをからかっているような様子で、「うーん、っと。ま・こっちはもうちょっとがんばってみっか！」なんて言って、ニヤリと笑いかけられたような、居心地のわるさ。薄気味が悪いことったら。この時機、シャワーも使えなくなったら、大変です。もともとそろそろ「寿命」の器機ではありました。かかる費用の概そは知っていましたから、気に掛けてはいたのです。しかし、この際仕方がない。T君の知り合いの業者さんに見て貰って、見積りを出して貰って、——とうとう、工事。それが、きのう7日、10時30～3時とのことでした。

外についている給湯機を外してみると、焦げあとがあったそうです。ゲッ！　やっぱり、カミナリは、ウチに落ちたのです。まったく、危ないことでした。（近処ではなく、ウチ、に！）下手すれば、火事になっていたかもしれません。

被雷から工事するまでの間、だましだましシャワーを使っていましたが、そのまゝ使い続けていたら、これ又火事を起すところでした。ヒヤヒヤドキリもんです。

給湯機と、リモコン2台とで、かなりの費用になりましたが、聞くところによれば、外科医院事務局の婦人一人が、落雷で家中すべての電機器具がヤラれて、オソロシク大変でしたとか。

それでも、ドカンと大きいのが落ちて、いきなり火災になるよりはマシでしょうか。ウチに落ちたのは、不幸中の幸いで、小型のカミナリ君だったのですね。とはいえ、これだけの人口、家屋のあるなかで、ウチが「選ばれた」のは、ウン、光栄の行ったり来たり。どうせなら、もっとユウフクなところに落ちたらいいのに。でも、まあ、モノは考えようで、寿命に近かった器機でしたから、いっそ新しく替えて、安心できるということかもしれません。一生のうちそんなに何度も起きることじゃなし、まあ当分はカミナリの子供が遊びに訪れるコトもないでしょう。

——電話は、まだそのまゝ、保留中。ルス電にのこるメッセージも切れ切れだったり、プッシュできないことも度々だったり途中切れ切れの「まだら電」のまゝ、放置しています。とくに、FAXを受信するとペーパー詰まりになってしまいますので、当分は送らないで下さいね。以上、近日中の落雷ニュース、でした。

もうひとつ、おしゃべりしたいことがあります(ええっ！　モウ充分長いョ。ケッコウょ、モウ)。ウシ年ですものね。ま、ま、そう仰云らず。聞いて——いや、流し読みして下さいな。

スターch、で観た映画のうち、気に入ったドラマが1本(ヤング・ポープと、ニューポープ）。そして気になった映画が一本、ありました（The ゴールドフィンチ）。

原作があるようなので、読んでみたいと思い、図書館へ行き、調べて貰い、捜して貰い、当館になかったので、取りよせて貰って読みました。ドナ・タート〈The・ゴールドフィンチ〉です（ごしきひわ）。

思いのほか大作で、単行本4冊。長編でした。夢中で読みました。久し振りに、夢中になれる作品でした。一気に読み上げて、もっと作者のことも、他の作品も、読んでみたくなりました。作者については、本当に最底限の情報だけで、詳細がわかりませんでしたし。再々度次に読んでみたい作品を（ゴールドフィンチは重たいので、2冊ずつ借り出しました）図書館で捜して貰ったのです。

その際、はじめての体験。――「これと、これに、記入して下さい」と、青いいろの用紙2枚を渡されました。住所、氏名、TEL、書名、著者、出版社、本の型（文庫か単行本か）どちらでもいいか、限定するか、捜す本がなかった場合のれんらくは、本人自身か、TEL可か。等々。

（へえ？　こんな申し込み方法は、はじめてだなァ）と思いつゝ記入して渡しました（対応する人が、その時々で変わるせいなのか？　と）。

カシャ、カシャ、PCに打ちこみしていたメガネのお姉さんが（図書館司書なのか、区

役所職員なのか、わかりません）、くいっと、メガネを押し上げてこちらを向き、

「上巻、下巻、にわかれてますが、どちらが先に届くかわかりません。下巻が、先に着く場合もありますけど、それでもいいですか？」と。

私は（はふっ）絶句しました。まさか。これって、聞きまちがいか、冗談だヨナ？メガネの彼女は、ごく無表情にだまったまゝ、私の答えを待っています。あまりに平然としているので、愕然としました。

「……!! ……あの、……それは……いくら何でも……一作の本の、下巻から読むひとなんて、いないと思いますけど……。それ、ちょっとあまりにも……。あのう、上、下、バラバラに届くことって、あるんでしょーか？」

メガネが、うっすらと笑いました。そして、マスクの奥から、くぐもった声で、

「この本は、江戸川区の、どこにもないんです。他の館から借りることになりますので、そういうこともある訳です」

（ナニ？　他の館から借りる、としても、上と下、それぞれに違う館から借り出す、ということ？）

何だか大きな疑問が湧きましたが、それは言葉にしませんでした。メガネ女史は、ちょっとPCをのぞき込み、イスから立ち上りながら、ちらっとまた私を見て、

「出来るだけ、上下同じころに届くようにはしてみます。すこし、時間がかかると思いますよ」

と、徐に宣うた！

（あ、そ。さいですか。じゃあ、じゃあ心して置かなければ。こういうケース）

――ドナ・タートは、これまでに、〝ゴールドフィンチ〟を含め、三作しか書いていません。10年に1度、のペースです。この間隔はかなり確かですから、それなりの考えがあって書いているのでしょう。

ゴールドフィンチは、いちばん新しい作品で、私が読みたいのは20年まえの処女作と、その10年後に生み出されたもう一作、です。今回申し込んだ一作は押えましたから、あと一作、しかし、これとてもしかすると入手困難になるかもしれない、と思いました。

では！（それなりに心の準備をしておかなきゃ）

「あの、こういうケース、初めてですが、この作者のモノは、かなりお借りするのが難しいようですから、ごめんどうでもついでにあと一作がどういう状況か、調べて戴けませんか？」

「いいですよ」

これには、打てばひびくような返事で、パチパチ、カシャカシャ（別に音は聞えない）。

「あ、これも、同じですね。江戸川区の、すべての館にはありません」

「そうですか、……。いえ、いま申し込むわけではないのですが、ちょっと状況だけ把握しておきたくて。ありがとうございました。」

と、いきなりメガネがあの青いろの用紙を2枚、私につき出しました。

「これ、お渡ししときます」

「まあ、それは御親切に。ありがとうございます。……では又よろしくお願いします。大変ごめんどうおかけしました」

一幕一場、終了。ほかの本には目もくれず、矢印の向く方に従って、館を出ました。

炎天下、パラソルをさしていても、できるだけ陽陰げを歩きたい夏の昼下がり。

（ドナ・タートって、日本ではかなりマイナーな作家なのかも）なんて思います。細々と（うるさいくらいの）描写で、ていねい（すぎるくらいの）な運びだからあれほどの量の長編になるのかもしれない。そういうところが、日本人の好みに添わないところになっているのかな）そう思ったりしました。

シナリオなどの作法でも1シーンずつは、現実と同じ時間の流れとして書かなければなりません。

彼女の作品は、（ゴールドフィンチ）そういう「時間の流れ」を、薄いパイ生地みたいに、ていねいに重厚につみ積ねているように見えます。そのあたりが、あまり日本人ウケしないのかもしれません。

それにしても、上巻と、下巻が、ばらばらに存在しているなんて、そこまでマイナー部門に入れられているのは、信じ難い。

10年に一度ずつの大作で、三作とも、何かしらを受賞しているヒトです。べつに、受賞したからいい、という訳ではないのですが、ゴールドフィンチを読んでみて、やはりピュリッツァー賞は当然だと思いました。ちょっと「大いなる遺産」を思い起すところもあります。

いつ入荷、借り入れができるか……あとの（実は先の作品）二作が、たのしみです。作者のことも、もうすこしわかるかもしれませんし。

――炎天の下、やゝ呼吸困難に陥りながら歩いていて、また、思いました。どの職業に於ても、間間あることですが、――とかく、説明不足だったり、ひとりよがりだったり、不親切に感じられることが、（多々）あります。面倒なので労を惜しむのか、自分の職に愛情を持っていないのか、ヒトが嫌いなのか、（或いは単に対した私個人がうとましいのか）言葉が足りなくて、こちらにはわからないことが（多すぎ）数えきれないほど。時には説明すべき立場にありながら、当の本人自身に、知識がない場合もあります。最も多いのは、彼らにとって、「日常」のくりかえしという「馴れ」が、説明を省略化させてしまうケースです。しかし、彼らにとっては、すでにわかりきっていることが、対する相手にしてみると、「はじめて」のこと。それを忘れてはならないと思うのですが。自分たちには日常化しているほどの既知内容だとしても、相対する一人ひとりにとっては、「はじめて」のこと、と常に心得て、ひとつひとつに新たな気持ちで対応するべきではないでしょうか。

それにつけても、「下巻が先でもいいですか?」とは。

〝君、それでも図書館に働くものの言葉かね?〟もし、私が彼女の上司なら、〝オイ!おマエ、アホか?!〟

えっ?　パワハラになる?　訴えられちゃう?　そーいう時代だ?　けっ!　ケッ!クソッタレ!

——と、以上、この夏の松江図書館便りでした。

(お疲れさま!)

コロナ　デルタ株、ラムダ株、熱中症、カミナリには、くれぐれもご用心下さい!

N・Hさま

拝復

御忙しいなかで、わざわざ翻訳して下さった文書、先週たしかに拝受いたしました。何と御礼申し上げたらいいでしょう。

心こめて、ほんとうに心の伝わる御礼をお送りしたくて、現在いっしょうけんめい考えているところでございます。3日の火曜日位にはお送りできると思っておりますが、二日くらいのズレが生じましたらおゆるし下さいまし。

お届け戴いた夜は、大きな封筒を手にして、一瞬ドキッといたしました。仕事上でのミスがあって？ ……などと不安を覚えて。

これは、つまりふだん私がお客さまから個人的なお便り頂戴するということがごく稀なものですから、先に仕事上のミス、……（ドジですからたまにございますの）の心配をしてしまうという訳でございます。

店に入って、ちょっと呼吸を整えてからこわごわ封を切りました。味わいのある、すてきなNさんの文字に目を走らせ、見覚えのあるコピーが出てきて、「あっ！」と思わず声が出ました。そして、すぐ又封筒に仕舞い込んでしまったものです。

何故？　って……。お店で、……営業用の顔と仕度で……拝見する気になれなかったものですから。ゆっくりと座りこんで拝見し、すぐ心こめて御礼の手紙を書きたい、そう思いました。

ほんとに、こうしてわざわざ翻訳して下さった、そしてお届け下さった、それがまず第一にうれしくて有難くって！　すぐ拝見するのは惜しい気がしたのです。

けれども、それから2、3日はざわざわした日常、それを開けることができないまゝ過ごしてしまいました。通勤用のかばんに入れておいたものですから、店がひまな折など、つい開けてみたい衝動に駆られたことも幾度かございました。

が、純粋に「孤の世界」で味わうべきことを惜しむ気持ちと、己れ自身で決めているこゝろの区切り、それを瞬時に切りかえるにはあまりに不器用な性質と、……がそれを止めて、また毎日、持ち帰ることをくりかえしたのでした。結局、しっかりと拝見したのは今日になりました。

ありがとうございます。

どんなにかお忙しいことでしょうに、ほんとうに約束守って下さって、しかも実にうれしい内容です。全くわからぬ云葉ながら、……だろう、みたいな感じにはとれていました。でも、それが、こうして明確にしてみて戴きますと、改めてMちゃんに大きな拍手を送りたくなります。うれしくて、とても他人ごとと思えません。

当店にいる頃の彼女は、まだ細っそりとしていて、美声ながら、いさゝか声量に難があったように思います。

また、クラシックというものが、日本に於ては「現実」として厳しいところも多くあって、私たちは折々彼女のゆく道への心配を抱いてもいました。

――当店が閉店した時は、彼女もずいぶん弱っていました。

そんなこともあって、私も当時〝退職金を払ってあげられる間に〟と決意したことでしたから、少しまとまったものを出してあげたのでしたが、暫くの期間、彼女も考えたのでしょう。

「ギャランスにいられることで安心していたけど。他のお店ではとてもつとまらないし、苦しくてもバイトはやめます。歌の方のバイトだけでがんばってみます」

と云って参りました。そして、演歌歌手のドサまわりで、バックコーラスを務めるなどしてまで、がんばっていたのです。

当店にいる間にも、東宝のお客さまから、「ウチのコーラスのオーディション受けてみないか」とか声をかけて戴いたりしたのですが、当時の彼女はクラシック以外は、と頑に断っていました。それがいまはドサまわりのバックコーラス……？　と内心済まない気持ちではらはらしつゝ彼女の便りや声を見聞きしておりました。

そんなにしながら、彼女は二期会の候補生を2、3年、「やっと二期会生になれました！」という報告を聞きました。

当時まだお元気でおられたHさんという作曲家のお仕事も、当店を介してやっていたようです。

会えればその都度、できる限りの応援はしていたものの、この先どうするのかどうなるのか、心にかかることのひとつでした。

「留学試験、通ったんです‼」よろこび勇んでのれんらくがあったのは、二期会生二年を卆業し、お祝いを送ったすぐ後のことでした。うれしくって、つい泣けました。

「がんばったわね。よくがんばったわ。ほんとにおめでとう‼」

お祝いの手紙とお祝いを送って、これはかつてのスタッフ皆で集って貰えることだと気がついて……。

もう結婚して、子供をもうけている女性もおりますが、皆よろこんで集ってくれました。そして実にすばらしい「同窓会」になりました。

同じ国費留学をする二期会からのひとで、古くからの仲間でもある男性と結婚すると決めたのもその頃のことです。お祝いにつぐお祝いですね(この時彼女はぐんと太っていて、声量もゆたかになっていました!!)。

そうして、いま彼女はミラノにおります。11月で早や一年、あと一年の期間の留学です。ご主人の方は少し期間がズレていて、半年くらい先に日本へ帰らなければならないとのことですが、今回の第一位の副賞で、イタリア国内の旅行を、夫婦でしている、とのメールを貰いました。

このコンクールを受けに行ったとき、試験のあいまに走りがきした彼女の手紙、私はとても大事にしております。

そして第一位だなんて、その報せと、同封されてあったコピーと、どんなに私が感激したりよろこんだりしたか、おわかり戴けますでしょう。

事情と状況がゆるせば、ミラノまで飛んで行って、祝福したい気持ちでした。「偉いぞ。がんばったかいがあったわね! Mちゃん」と。

でも、まあ私はいつも舞台裏で、心の限り拍手するのがオチでございます。他の女性が結婚するときも、徹夜で最高の最上のブーケやブートニアや、花束を作り、披露宴にも出ずに過しました。その花々を抱いた宴の写真の数々が、私の大切な宝のひとつです。

ウチにいた女の子は皆いい女性ばかりでした。そのひとびとが夫々に幸せになるとき、それはせいいっぱいのことをしてあげたい、そう思うのは自然ですもの……。

(それ、ママごころ、っていうんです) 私自身、それで忘れ難い思い出ができるのですから……。


Mちゃんが、日本へ帰って、またリサイタルなどいたしますときは、どうぞNさんも行ってやって下さいましね。

軽井沢に作られたメルシャン・ミュージアム・ソプラノ・リサイタルというのはいかがでしょう (NHKのテレビで拝見いたしました)。これを機に、どうか彼女を応援してやって下さいまし。

(ボストンのガードナー美術館では、週一度、音楽の夕が催されています。ガードナー夫人の「音楽と絵は密接したものである」という主旨に基いて、現在も続いているそうです私も参りました)

まぁ、御礼の手紙が、ついつい外れてしまいました。

ほんとうに、心から御礼申し上げます。

「請求書みたいになりそうで」など、示唆に富んだ御便りの一部、「ははぁ……」と平伏して承りましたけれど、（申し訳なく存じます）もう二つのよろこびの方が大きくて、有難くて……。

とりあえず、先にこの乱筆乱文の御礼を、認めました。

心から「ありがとうございます」御機嫌よろしう。

敬具

Sさま
前略御免下さい
お元気でご活躍の御様子、何よりと存じます。
〝忙しいのかヒマなのかわからなくなった……〟などと仰云ってましたが、それだけSさんの〝時間〟が、充実しているのだと思います。私の方は、いよいよ先が見えず、すっかり意欲をなくしてしまいました。漠然と過しても、一日ずつが過ぎるのは不思議です。

（心細い、なんてところも通りすぎてしまいました）

それでも、こうした状態は、ある種の恵みなのかもしれないと考える時もあります。いまできることは何なのか、何を、どう受けとめてゆけばいいのか、方向をかえるチャンスは察知できるかどうか、右往左往するばかりで漂う心のまゝ、……残されたわずかな余白を徒らにぬりつぶしているようでもありますけれど。

御送り戴きました御本のうちの一冊を、まずお返しいたします。ほんとうにありがとうございました。漢詩なんて、久しく触れる機会もありませんでした。それに、琉球王国だなんて！

本を閉じたとき、日常や現実の〝私〟の人生からは遠く離れた、ひとつの歴史を旅したような思いを味わいました。ことに、33ページの写真を目にしたときは、ほんとうに旅先の実感をさえ覚えたものです。

いつかわからず、……まるでほんとうにそこに立ったことがある、……いえ、立っているような感じを覚えて。まさにデ・ジャ・ヴですね。この本のなかで、いちばん心にのこり、ふしぎな感覚を得た、好きなページです。

漢詩は、いままでは大きな中華飯店などで壁に掛けられた書で見るくらいなもので、殆んど出会いがありません。昔、授業で出てきたものも、半分以上身を入れて味わったことがありませんでした。

漢文の先生は、人気がなかったのです。地味で温和な方で、ボソボソと、一本調子の講義に終始していましたから、生徒たちはみんなイネムリや内職をしていました。私は可もなく不可もなく……何しろ予習復習一切せずにいたのですから授業中の解説だけがテストのときの結果になります。半分くらいを聞いていればこの方面は何とか無難な成績になってくれたものでした。

漢文そのものに魅力を感じたことはありませんでしたので、できるだけ先生と目を合わせないよう努めました。にもかかわらず、時に視線に掴ってしまうと、こんどは感情のない、表情のない表情でその間をやりすごしたものです。先生にすれば、自分の云っていることや云いたいことに感応する生徒が存在して欲しかったに違いなかったのでしょうけれど。

そんな体験しかない状態で、本を眺めさせて戴きました。詩としては26ページの春山登山が気に入りました。情景が想えるところが好きです。

写真では、25ページの石獅子も、勇壮というより私にはユーモラスな気がして楽しめました。

また、おどろいたのは、遊里を詠んだ漢詩があるということでした。こういうの、初めてふれました。漢詩というと、季節と情景、友、偉人、勉学、旅、桃源境、そういうものだと思っていました。何ですか、とても不思議な感じです。琉球の、当時の特殊な時代というものがそれを生み出したのでしょうか？

また、琉球王国は、とても中国との係りが深かったのですね。本土、日本とのそれより、近いものがあったように思えました。

「江戸上り」という制度があったとも記されてはいましたが、そのときの服装、衣裳などはどうだったのか、いろいろと想像のつかないことも多く発見しました。そして改めて、日本の領土とはいえ、実に独特の文化と歴史に彩られた地であったことが肯ける気がしました。

Sさんは、沖縄がお好きなところのひとつでしたね。私は一度も行ったことがありません。琉球王国も、日本本土も、ずっとずっと昔は中国とも陸続きで、大陸はつながっていたにちがいありません。地形がかわってゆくことで、国がちがい、人種がちがい、歴史が夫々に変ったものなのでしょう。

そうしてどんどんたどってゆくと、人間そのものの歴史も、地球の歴史も、はてしなく拡大して、宇宙への思いになってしまいます。現代では科学も天文学もかなり進んでしまっていて、宇宙の中での地球というものまで、ふつうの人が解ってきています。実に儚い、こわい、不可思議な思いがとめどなくなってしまいますね。儚なすぎて、茫然としてしまいます。

――また脱線してしまいました。〝旅〟をありがとうございました。

ところで、まだ、時期は早いのですが、X'マス用の美術キャンドルをお送りします。大きいろうそくでしょう？　サンタ・ローソクです。とてもよくできてると思って。いつか本当に、ほのぼのした、いいX'マスの夜、灯したい……そんなつもりでいたのでしたが……。いつの間にか、ディスプレイ用になってしまって、飾って、しまい込むだけのトッテオキになってしまっていました。すてきな作品も、火をつければ溶けて消えてしまいます。それがまたすてきなんだと、「いつか」を心に秘めるところもありましたが、もう私には、その時があらわれそうにありません。使って下さいね。

ちょっと心配なのは、Sさんが、何か宗教で、とくに信じたり、こだわっていらっしゃりはしないかしら、ということです。X'マスはやらない、という場合もあり得ますから。先にうかがってからお送りすべきかとも考えましたが、まァその場合はSさんのお好きな誰方かに差し上げて下さっても……と勝手に決めてしまいました。

私の〝お気に入り〟の〝トッテオキ〟、お気に入り戴ければうれしいのですが。

御身御大切におすごし下さい。

美術ろうそくは、わざとガサガサに包みました。壊れずに届いてくれゝばいいと思ってます。

走りがき、ごめん下さい。

敬具

前略

その後、カゼの具合はどうですか？

衣類は足りてますか？　こちらに冬物のシャツとか、たくさんありますけど、——収納するタンスや箱もあまりない、と聞いていましたので、気になりながら（勝手には）送れずにいます。必要ならどうか言って下さいね。

今年は去年より早く冬に入ってしまいそうです。いろいろと心配です。不安も多くなりますね。Tさんは、案外カゼをひき易いので、それも心配です。ビタミンCやAを多くとれる食事をして欲しいのですが、ムズかしいでしょうし……。何とか　みかんなど食べるようにできませんか？　事務所のロッカーなどに置いとくわけには、ゆかないかなァ。きのこ類なんかも、食べるチャンスは、あまりないのでしょうねえ。

——先日、Uのオヤジさんが持ってきてくれたキノコを見ながらそう思ったりしてます。貰ったキノコは、〝水を入れて、このまゝ置いとけば大きくなるから、それを煮たり、汁に入れて食べるといい。アブラゲなんか入れない方が上品な味で良いダシがとれるし、オイシイんだ〞とオヤジさんが教えて行ったので、パックに水を入れといたら、これがスゴイの。一晩で、あっというにカサが大きくなっていて、ギョッとしました。

しかも、テーブルにパックのまゝ置いといたら、そのまわり一面、ボウッと白くなってました。菌が飛んでいるということなのね。思わず〝オウッ！〞と。これが土のうえなら、きっとこうしてたくさん繁殖して増えてゆくのでしょう。スゲエ！

Uのオヤジは、毎日山へ行っていて（たぶん）秋はキノコ狩りしてたのね。そして（これは珍らしいキノコなんだって）これをみつけたときは、さぞウレしがったことでしょうョ。一株、そのまゝ、そっと掘り出してきたのヨネ。得意そうに説明して行ったのョ。（珍らしいキノコだから）って。（上品なキノコ）なんですって。それが、みるみる大きく育つのヨ！　一晩で、大きなシイタケくらいに。

今日、夕方オソバに入れて食べてみました（4ケ位）。なるほど、クセがなくて、シャキシャキして、オイシイ。――でも、食べるとき、一瞬思ったワ。これが毒キノコなら……？　って。フフフ。

キノコの繁殖力で思い出したので、ついでにツマらないこと書きます。

アメリカの炭疽菌騒ぎ。あれもすごく、クサイ話じゃありませんか？　アメリカの報復戦争が始まってから、これもなかなか国内の状勢としてブッシュの思う方向に行かず……というより、経済も、国内の支持も、やゝ思ったより弱い……とみて、さらに一押しする必要を感じた。それには（アフガン、タリバン、ビンラディン氏ら一派）に対しての、国民や世界の憎悪と恐怖を煽る必要がある、と。その工作をしたのではないかしら。

生物兵器のことについても、世界中でその研究が、最も進んでいたのはアメリカとソ連ですって。こんどみつかった菌は、識者に依ればとても精度が高いものだそうです。以前、ソ連で研究されていたのと同程度、とか。わざわざソ連というところが、又クサイ。アフガン（タリバン）はソ連から兵器を得て戦争を続けていたけど（以前）、いまは断絶。アメリカの攻撃を受けるだけで、抗戦しても地上から、敵には届かないボロ砲を撃ってるだけの現状でしょ。

金もない、力もない、先進頭脳もない、（TVで見ても、オクレてるョ。それにひどく貧しい国々）爆撃受けて、もうメチャクチャ混乱してる状態で、又一方ビンラディンらは、あんな砂漠を、転々と逃げ回って、岩場などで小さくまとまるだけの集団でしかないのに、よ。生物兵器なんか扱えるワケないじゃない。

あれって、扱うヒトも防護服着て、相当慎重に触れないと、扱う人自身感染して広まってしまう危険が伴うモノなのに、ヨ。そんなボウゴフクなんて、彼らが設備もふくめて、持っていると思う？　そういうのはサ、先進国内で、相応の専門家が充分に余裕持って扱える設備がある、という必要条件がある筈でしょ。

それに、郵便物は、アメリカ国内から発送されていて、全部同じ種類の菌だということです。あんなオクレタ国の、オクレタ、テロ集団が、今回の同時テロや炭疽菌なんか、私は実行できるちからはないと思う。ましていまは経済封鎖されてるし、兵器にも不足してる筈でしょ。

ビンラディンが、金があるとセンデンされてるけど、それもどうかと思うの。何しろビンボーな国民よ。長年先進国からサクシュされ続けて、オクレてるんだから。（石油はあるけどネ）私はクサイと思う。それに、ブッシュの親父の時代からの因縁があるでしょ。クサイ！　クサイよ！　アメリカって、権力をどうとでも使う国だから。

(砂漠には炭疽菌がとれる一帯がある、とも云ってるけど、それをそのまゝじゃ使えないし、(扱えない) 今回のは精度が高い菌だから、ゼッタイ　オカシイ!!)
——何か、いよいよアメリカはヒトラー政権に近くなっているように思えてなりません
(これも映画の見過ぎかしら?)。
アメリカって国は、(いや、ヨーロッパの先進国は) これまでも、けっこう好き勝手やってきてるからねぇ (東ヨーロッパは取り残されてるけど)。ブッシュを中心とする何らかの一派 (一味) が、コッソリとバラまいて、さらなるテロ (イコール敵、＝アフガン) への恐怖と憎悪を煽り、自分たちのやり始めた戦争を正義づけ、さらには自分たちの目的とするものを得ようとしている——図式のように思えて仕方がありません。
狂牛病の件だって、疑えば疑えちゃう! (アメリカでの発生はないんでしょ)
——50年、100年先に、ホントのことがワカるかも。
ツマラないことぺらぺらオシャベリ。ゴメンナサイ。又ね。くれぐれもくれぐれも身体を大切に、と願ってます。

草々

拝復
お便り、うれしく拝見いたしました。
グチに応えて戴けて、感謝シテマス。すこし元気になりました。
お手紙のうちで、
――性格的には……で簡単には妥協しませんが……（回りはそうは見てないようです）
――というところで、すかさずニンマリ笑いました。そうそう！　見てませんとも！　いつか　ごいっしょにいらした方が、〝Sさんはスゴイんですヨネ〟と仰言ってましたね。そういう情熱と骨のあるヒト、大切です。少ないですから！

自分でこうと思い込んでいる自分と、他人から見る自分との間には、少なからずギャップが生じますね。でも、他者の見る自分も又、自分といえなくもありません（ワタシは何処でも、ハミダシです。）

友情について〝無意識〟の共通性……という表現をなさったSさんの仰云りたいこと、何か肯けるものを感じました。
私たちは、若いころ「価値観」云々で論じあって以来　その表現で包括して納得したつもりできてしまった部分があるようです。ごく安易なことばで表せば　尊敬する部分があったこと、夫々に別々の個性や人格、人生であることを認め合えたこと、そして何よりも、自分の心情を偽らずに話せたこと、が継続持続の第一だったかと思います（学生時代以降は、めったに会えなくなりましたが）。

しかし、年月はいろいろな作用をします。若い時代にはお互いにお互いを待つこともいずれは成長をよろこびあえることになりました。

しかし、ある年代に至るころになると、こゝろの世界の差異が、ある種の隔りを生むようになることもあります。

長い年月、云葉にしてきたこと、まるっきり反対の行動が目にみえてあらわれることが多くなってきたとき、……など（近頃の私は、ことばより行動で判断します）。よくも悪くも、ひとはいつでも変れる可能性をもっています。それに、すべてを知りあえるなどということもあり得ません（根本的なところを漠然とわかったつもりでいても）。

このひとに、こんな部分（面）があったのか！　と新たな思いにおどろかされることは、いつになってもあり得ることでしょう。——とすれば、自分のなかのそのひとを、好きか嫌いか……シンプルなところに戻ってしまうのかもしれません。

「こうありたい自分」をいつも心にかゝげて、高くあろう、そう願ってゆこう、ということと、自分を偽ることとは別物です。

私は常に自分にもヒトにも、正直なのがすきです（しかし、何でも、どうでも、というコトではありません）。

自分自身だけは　いま、こう在る、在るがまゝをみつめる部分もないといけないいんじゃないか、……と。たとえそれがどんなにみっともない時でも。

世のなかで生きているうちには、多くのつまらないウソや背のびも必要になりますし、やむを得ない場合もあります。でもこれは処世の（処生とも云えるかも）マティエの部分。それがいつのまにか身についてしまって、自分でもわからなくなると――

20才になろうという時、
「生きてゆくって、失くしたくない大切な大切なものと、何かをひきかえてひきかえてゆくことじゃない？」
と書いて、死のうとしたことがあります。

20才になったら死のう、とずっと幼いころから決めていました。

それが、あるとき、すっと体得したのです。

〝失くす、などということは決してない！　大事に大切に、そっと奥にしまいこんで、折々しっかりそれと対い合えれば。

ひきかえて手に入れるものは、生きる現実の対処法。払うのはこゝろの勁さ、やわらかさ、やさしさ、謙虚、すなおさ、感謝、反省……理知や知識の部分なんだ！

それだって、やさしさがなくなるなんてことがあるだろうか？　ない！　ない！　決して！〟

生きるについて、もっとも厳しい条件は、「孤独」なのだ、と。たゞ自分との戦いなのだ、と。

いまでも私は、折にふれ自分に問うてみることがあります。

目をつむって、この五月の風を、それと感じている？　いわれなく、それに心がたゆたう？　ざわめく？　いっぱいになる？……

でも、こういうことは、或る意味ではキケンなので　あまり大っぴらに、しょっちゅうはしないことにしています。けれども、――だからこそ――女性同士って、ムズカシイのです。

とかく。でも友人といっても、いろいろいます。長くも、短かくも、深くも浅くも……裏切られるとか裏切るとか、そういう感じは抱いたことがありません（失望することはありますが）。時に自分の係った年月について思うだけで。

ヒトとヒト、って鏡のようなところがありますね。温もりがある間は温かくいられますし。徒労を徒労と感じない、その徒労が何かしらの音楽になるもので……。ごく他愛のないものでいいと思うのです。

それが（私の貧しい表現であらわせば）単に処世部分だけのオツキアイにしかならないとしたら、――友情とか友人とかのことばは使いたくないなァ、と、そう思います。（女って、オソロシクつまらない競争心が強いのです！）情ないことですネ。

まだ人生の初めのころ、白紙の部分の多い時代、やたらに真険に迷ったり悩んだりしながら共に机上の空論に口角泡をとばし、感激を共有しあってきた……それあっての後年のゆとりある穏やかな心のふれあい、楽々とした安心感で、お互いの差異を認めあった自然が育った……筈だと思うのですが……。

損得勘定なし、金銭勘定なし、安易なもたれあいに陥らない、coolな一面も併せ持つ、上下関係もない（存在そのものの）温もり。

すべてを知る必要はないけれど、それと感じるだけでも何かしら共有するものは生れると思うのです。

……私は、子どものころから群れのなかに加わることがありませんでした（群れることができないのです。つまりハミダシ?）。友達というのも、自ら近付いて作った係りがありません。といって、イジメられっ子になったこともありませんし、イジメっ子にもなり得ませんでした。

それでも、いつも誰かしら（個性のつよいヒトばかり）が、私の側にいてくれたようです。子供のころから、その相手は年令巾が広く、ジイさんバアさん（私のではなく）から教師、同級生、……。


めんめんと書きたい放題書くうちに、とめどなくなってしまいました。一人よがりもハナハダしいことです。破棄しようかとも思いましたが、このまゝ目をつむって送っちゃいます！〝カワイソーニ、こいつは自分自身に向ってクダ巻いてるんだな〟と思って途中で捨てて下さい。

さて、ほんとうはこれからが本文だったのです。でも、長くなりましたので、本文を端折ることにしました。

「犬になれなかった裁判官」

これも興深く読ませていたゞきました。ありがとうございます。

エリートと呼ばれる群れのなかでの不遇の人。民事の裁判には何件か関わったことがあります。親しい弁護士もいます。私も裁判に係りました。

――私の祖母は市議、調停委員、民生委員を兼ねて長くつとめていましたし、市から委託されて困り事相談も受けていました。家の玄関口には、「○○市困りごと相談所」という大きな看板がかけてありました。ですから、私はものごころついたときから、そんな人々がゴロゴロ集まる雰囲気の中で育ったのです。

ホントにいろいろな人々が集まってました。市議のグループ、調停委員のグループ、新聞記者、警察署長、市役所の連中、坊主、母の関係の教育委員会の人々、短歌の会の人々、祖母の本職の助産婦の関係者、伯父の医師関連の人々、教師、もと経営していたという看護婦会にいた人々、もと女中さん、相談者、もと相談者、もと、町の事業者の二号さん、芸者さん、季節労働者、職人さん、隣近処のジジババ、……。

年中何人かがゴロゴロしていて（宴会もしょっちゅうでした。……ったく！）。（私の幼年期は、「家庭」がなかったも同然です）

体がひ弱で病気ばかりのため、よく学校を休みました。熱が下がっても、微熱がとれず、だらだらと家で過していることも度々。

朝からの来客で、私は、陽あたりの良い部屋に移されて寝たり起きたり。

調停のある日、祖母はきものを着替え、羽織を着て出掛けます。出がけに、隣の仏間にある鏡のまえで、金鎖の羽織ひもを止め、それを姿見に写して点検してゆくのでした。

家裁とか、調停とか、……懐しい思いがしました。どこの世界でも、あり得ることなんだな、とも思いました。

そして又ふっと、〝よど号〟事件に係った人のことを思い出したりもしました。それも又、いろいろと事件があったのですが、小説のモティーフになりそうなことでした。

この種の本を読んだだけでも、何かしら（直接的なものでないにせよ、）係りがあったことをふとふりかえってしまいます。何ていろんなことがあったろう！と。

思い返すだけで、はちきれそうになるほどですから、これって、長く生きすぎたのかなあ。

だからって、何ひとつ、それらを生かせなかったけれど……　なんて。一種親近感を覚えてしまうような本でした。何だか儚い気もしますが。

先日、また御本お送り戴きました。ありがとうございます。いずれ読み終えましたらまたおしゃべりさせて下さいね（エッ？　モーカンベン！　って仰云います?）。

ひどい乱筆乱文でごめんなさい。

お目にかゝれたらいろいろおしゃべり（さらに?!）できそうですネ！

お元気でおすごし下さいまし。

感謝申し上げます。

敬具

Mさま

前略御免下さい。

台風13号がいったあと、また残暑が厳しくなりました。台風の被害はありませんでした？

今回は、福島や千葉など、浴岸部が大変だったようですね。お宅は、ご住居自体が、相当しっかり建築されているようですので、きっと大丈夫と思っていましたが、……。

こちらは、ときどきゲリラ豪雨に襲われました。被害はありませんでしたけれど。たゞ、雨の間、通いねこの連中の食事が、とかく気になりました。いつもなら、少なくても３匹、多ければ（いまは）６匹くらいが、ウチの食餌をあてにして通ってきているのですが、雨が激しいと、車の下までぬれてしまうので、来る子も来れません。それでも、ちょっと雨が弱まったすきに、シロちゃんがきていました。すこしばかりホッとする思いでしたが、ほかのねこたちは、さぞお腹を空かしているだろうな、と。

――8日、新聞の死亡欄で、梅津貴昶の記事をみつけました。74才。あゝ、あのひとが、と胸を衝かれ、そこから又（いつものように）過去が次々とよみがえり、ひろがり続けてゆきました。

……長年、人間国宝の武原はん・舞いの会の発表会（年一回、一度だけの公演）（国立劇場）に通い続けていましたが、はんさんが亡くなられ、もうあの厳かな地唄舞を見ることもなくなったと惜しまれました。毎年、国立劇場へ行くたび、誰かひとりをご招待し、よろこんで戴いていましたし、席近くに、必らずきちんと和服をお召しになった藤村志穂さんが見えているのもたのしみでした。

武原はんさんの、あの〝雪〟の舞台、忘れられません。

同じく人間国宝の手による太棹の三味のひゞき——。

——ご逝去を惜しんでいるうちに、ある日、舞いの会から手紙がきて、はんさんの弟子にあたる、梅津貴昶の地唄舞いを紹介されました。

弟子をとらない、と聞いていたので、梅津氏のことは意外でしたが（藤村志穂も）あまり行く気がしませんでした。国立劇場、熱海のモア美術館にあるホールなど、公演の誘いが度々ありましたが、ついついスルーしたまゝ。

——そして、——私が、そのころは、バブル弾けて、スポンサーを失い、すべての生命保険まで解除して、スタッフたちに退職金を払い、店の権利も売れず、ビルのオーナーまでが破産、それでも店料を払い、のこしたチーフのT君と、T君の妹（Wさん）と三人で店を続けるほかなく、花の店は、私ひとりで作り、（仕入れにはT君と行ってました）注文を受け、3人だった経理はFさんひとりに頼んで、戦い続けていたころです。2年ほどかけて、私がデザインや設計、施工にも係った迎賓館近く（若葉町）のあの住居も、——（いちじはそれに、4億円の値がついたようですが）——スポンサーの名儀でしたから、立ちのきの目にあって、S先生（弁護士）と銀行の和解裁判が……始めるまえか、続行中だったか……。加えて、税務調査が入ったり、追徴金（200〜400万円）を取られたり（もと経理の一人、――うさん臭いと思いつゝ、かなりめんどうもみた――女性が、勝手な思い込みから密告）、税務官に関係を迫られたりしました。

犬も5匹いました（オールド、柴犬、ヨークシャー夫婦にその子）。

まあ、昼夜働き通しで、とくに月1回の住友商事の〝花の日〟の前後は、受注にも忙しく、作る花は、数えきれず、早朝3時からの仕入れ、水揚げ、そして作成。作成は私がひとりでやっていました。当日は、時間までに届けなければなりませんから、前日からの徹夜の作業です。食事もできませんでした。

もっとも、花づくりの楽しさを、心底たのしめたのも、そのころです。受注からして、ユニークだったと思います。住友商事の女性たちも、なかなかの人が多く、フルール・ギャランスの名が、口コミで広がってゆき、あっというまにこちらの意図と結果（仕上り）を読んで、どんどんユニーク、かつワガママな注文が増えました（それに応えるのが楽しかった）。月1回毎でなく、毎日そうなら、かなりいい商売になったことでしたろう、と思います。

――その花店も、――いよいよ（宮城、富谷町に）引越すことになって、閉店の運びになりました。

閉店の知らせと、住友商事・花の日――のいと口になって下さったMさんという女性（周りからは「大御所」と呼ばれていました）に、お礼とご挨拶状を出したあとでも、何本もの電話がありました。

「本当にやめちゃうの？」「又やる、ってことないの？」多くの人に惜しまれたものです。


――さて、つい話が横道に外れました。

こんな時期（！）に、梅津貴昶の、地唄舞いが、亡くなった武原はんの旧自宅にある舞台で演じられるという……お誘いが。

六本木にあるはんさん宅には、彼女の稽古場があり、さらに特別な人だけに見て貰うための、舞台まで設えてあるとは、耳にしていました。

そこで、彼女は〝雪〟を舞ったのだ！　そう思うと心が動きました。はんさんのご自宅とは、どんなだろう、彼女の生活が、どんなものか、ちょっと見てみたい、そんな興味も湧きました。そして、〝はん居〟で舞えるほどの資格をみとめられた梅津氏の舞いとは……。

さいわい、公演の日は〝花の日〟前後ではありませんでした。私は経理のFさんを誘って行ってみることにしました。ほかのスタッフたちは、機会があれば、いろいろなところに連れて行っていたのです。能（梅若研能会に入っていて、何年も通いました）。オペラ。

ミュージカル。演劇。映画。国内旅行。海外旅行。彼女たちの、きものや洋服。アクセサリー。本。食事。新しいこと、珍らしいことやもの、おいしいものを体験するたび、それらを生かせる可能性のあるひと、しんから愉しんでくれるひとびとを、——（お客さまも含め）せっせと誘ったものです。そうすることが、また私のたのしみでした。

——しかし、Fさんは、これまで同道したことがなかった。

「私は彼女たちと仕事がちがいます。彼女たち（チーフも含めて）は、〝現場のひと〟ですから〟と、Fさんはそう言って、そのたびに断りました。

彼女の地道な考え方、その主義からすれば、私の浮遊物のような生活ぶりは見ているだけで危うくて、崩くて、ある種ゆるせない、苦々しいものに映っていたのかもしれません。そしてまた、そんな私に、余分の金銭を使わせることになるのは、罪悪感や嫌悪を覚えることとして避けていたのかもしれません。

——そのころは、もう事情が、状況が、一変していました。先も見えず、判らぬまゝ、ひとりで戦い続けている私を、彼女は見ていました。経理をしている彼女は、私のすべての通帳、帳簿を見て知っていました。

「私も辞めてもいいんです。すこしでも支出を減らさないと」

彼女は給料を受け取るときさえ、何か済まなそうにしていました。

〝そんなこと言わないで。いよいよだめになったら、ちゃんと話します。Fさんに心配させるのは、私の人徳のなさだわ〟

――そして、はん居、での梅津貴昶の夜の〝舞いの会〟でした。

〝今回はつきあってよ〟と私は頼みました。

〝見たら、きっと後悔しないわョ。こんな会は、きっと二度とないわ〟

おずおずと、――ようやくFさんは承諾してくれました。

――どこで食事したのか――そのへんはいささか記憶がぼやけています。六本木の中華飯店だったかも。

〝はん居〟が、六本木のどのあたりだったのかも、いまやおぼろ……で、……板塀にぐるりと囲まれた大きな家。門のところに、めだたなく、〝梅津貴昶・舞いの会〟と墨書きされた紙が貼ってありました。

どうやって、どこを通って会場となる所まで辿りついたのか、キョロキョロ見回すこともできず、板張りの階段を上って、舞台を見下ろす中二階に座していました。

中二階の観覧席は、コの字形に舞台を囲んでいて、舞台はひとりの舞いにふさわしくやゝ小さめ。ほんの少し傾斜がつけられていました。

舞台の両端に、和紙をまわした太ろうそくの燭台。その灯りを生かすためか、部屋全体の照明はほの暗く照度が落されていました。その場自体が、無彩色にぼかされた　遠い気憶そのもののように、舞台装置が完成していました。

白い着物に袴をつけた姿で、舞台に座した梅津氏が、短かい挨拶を述べました。

〝このたびは、はん居にお越し戴き、ありがとうございます〟

――つい先ごろまで、自分が身体をこわして闘病していたこと。ようよう病い癒えて、こうして〝はん居〟で舞えることを、非常に光栄に思っていること。等々――

深々とお辞儀したあと、立ち上ると、ひと呼吸おいただけで、舞姿が定まっていました。ほっそりと整った梅津氏の容姿は、美しく、清らかで私はたちまち幽玄、夢幻の世界に誘われます。

――それは、かつて親しんでいた、能の舞台と重なるものでもありました。梅若万次郎ではなく、石田清三郎の、――装束をつけず、素踊りのように袴で、飾りものもなし。たゞ、手にした扇一本で――。ゆるゆると舞う。極限まで省略された静そのものの動き。枯れ枯れとしたその姿に、私は装束も、面も、目に見る心地を覚えたものです。終演後になってようやく現実感をとり戻し、なるほど、万三郎の後見をつとめるひとゆえこその、名芸だと、深く感じ入りました。

梅津氏の舞いには、そのときの印象に近いものがあったと思います。病を経て、〝死〟

に間近く、〝無〟を見たひとの儚さと、年令からなる若さの、清烈もありましたけれど。

――2つめの演目は、一転して賑やかで華やかなものになりました。黒留のすそを引いた若い女性が5～6人、おはやしで、端に並び、かなしみや侘びを、そっと押しやって明るい〝現世〟を楽しませようとするようでした。

私には、これはちょっと意外で、Fさんと二人、そっと、そおっと、中座して〝はん居〟を出たように……記憶しています。

（コンサートに行っても、私はいつも、最も好む曲、指揮者、オーケストラ、演奏者、……と極まるところを見聞してしまったあとは、そこで中座してしまう癖があります。最高のものを、目に、耳に残したいために）

――その夜のうちだったか……翌日か……記憶は曖昧ですが、Fさんといろいろ話しました。そのとき、Fさんが、ぽろぽろ涙を落しながら、

〝ママには、ほんとうに、こういうことが必要だったんですね。ママの、生きる糧だったんですね〟

と言ったのが、胸にのこっています。有難いひとだと思いました。

いまでも、時折あたたかく思い返すことのひとつです。

そのとき以来、私は梅津氏の舞台を見ることなく過ごしましたが、たまに彼が、玉三郎とも親交篤いことなど知る機もあり、肯けたものです。

（玉三郎、羽生ゆずる、大谷翔平 etc.……夫々に〝完全主義〟を目指す、うつくしさ、厳しさ、……魅了されます）もちろん、武原はん、etc.……も。チェリビダッケも……見事というほかありません。

川端康成も、三島由紀夫も、谷崎も……皆、みんな、そう。

――けれども、すべてが〝完全〟のひとなど、居はしません。しかし、極めようとし続けるひとが、一生のうち、一瞬、（天の〝時〟のなかの一瞬間、）〝究極のとき〟を得る才を見せてくれることは、あります。

ひとに（多くの人々とは言いますまい）ふかい、――〝傷〟のような感銘を与えて。

――人には、夫々の人生のなかに、必らず何かしらのドラマがあります。楽しいことであれ、つらかったことであれ、それがごくささやかなことに見えても、派手に見えても、夫々に価値のある、生の彩りのひとつ、と言えるのではないでしょうか。

梅津貴昶のことから、長くなりました。

おつきあい下さって、ありがとう！　おゆるし戴ければ……また、書かせて下さい。

御身御大切に！　そしてご機嫌よろしう。

敬具

Tさま
前略御免下さい。

御無沙汰ばかりで、ごめんなさい。あっという間に、秋になってしまいました。次から次へと台風がきて、毎年のことながら落ちつきません。

お元気でお過ごしのことと思いますが、お庭仕事も、何かと大変なことでしょう。

定期の健診結果がまずまず良好と伺って、他ながら（その点は）ホッとしていますが。

先日、バタバタとお送りした本の件も、送状ひとつ書けないでしまって、失礼したナァ、と反省しています（これも何も彼も毎度のこと！）。

京の旅館、〝柊屋〟は、むかし一度行ったことがあります。シナリオ教室（六本木）時代の同期生、Sさんといっしょに、二泊しました。

ひとの紹介がないとなかなか予約できない旅館でしたが、〝紹介して下さる方がいないのですが……〟という出だしのひと言でOKとなり、食事の内容について、〝実は、ナマモノが食べられません。〟と先に話して置いたおかげで、工夫して貰えて、極上の宿泊になりました。

川端康成ご愛用の宿、というので、一度行ってみたかったのです（若いころのことですから）。それに京へ行くなら、やはりホテルより旅館に泊まりたかった……。期待に外れず、いい旅館でした。

私たちは、昼は苔寺や詩仙堂をめぐり、南禅寺まえで湯豆腐を食べたり、陶を見て回ったりして楽しみましたが、夜は、宿の食事がさらなる楽しみで、早々に帰り、（夜の）探訪は全くしませんでした。美味しい和食、美しく清潔な風呂、坪庭のある落ちついた部屋で、あのときのふしぎな静寂が、懐しく思い出されます。

その柊やで、長くつとめたひとが書いた本というので、取り寄せ注文して、興ふかく、読んでみました。川端康成、三島など、古き、よき時代の名残りの本のように感じられます。著名人はさておき、一般のひとのリピーターはいなかったのかな、などとも思ったりしましたが。Tさんは、過日送って下さった橋田スガ子の著作について、「つまらなかった」

と仰云っていましたから、これもそうかもしれないなァ、と思い乍らお送りしました。〝客商売〟というものに係って生きたひとは、ある意味、〝ヒト〟が好きなのかもしれませんね。通りすぎてゆくだけの〝ヒト〟との時間と孤独。

一方、Tさんは、リルケの〝若い詩人への手紙〟やオースティンなどの世界に広がる、花や野菜、自然に対峙しての孤独と充足の日々。根本的分野での、部分的な違いがあるのかも、……そして、それもまた、すべてに於て、ではなく、部分としての差異ではないか……などと回りくどく思ったりもしています。まあ、つまらないかもしれませんが、流しよみ下さい。

——毎日、あっというまに一日ずつが過ぎてゆきます。日の暮れも、早くなりました。こんどの冬は、寒さが厳しいらしいですね。

——ところで、安倍氏の国葬の日が間近かになりました。私は当初から〝当然国葬でしょ〟と思っていましたが、反対する人がおどろくほど多くて、意外です。

国会政界もガヤガヤして、そうしている間にエリザベス女王が逝去し、するすると国葬が行われました。たしかに、すばらしい女王でしたものね。丁度、女王が亡くなるまえから、スターchで、エリザベス一世と二世、とか、王室とダイアナ、などといった特集が放映されていました。お年がお年なので、タイミングを見ていたのかもしれません。多くの国民に愛されて当然の、すてきな笑顔。さいごまで美しい笑顔でしたね。

そして、さまざまの、古い王宮や寺院。とくにウェストミンスター寺院の美麗には、改めて驚きました。荘厳、華麗、まったくすごい建築物です。

女王の戴冠式のときも、公開されましたが、あの当時は白黒の画面でした。いまはカラーで、一層鮮やか。信じられない高さの天井。王国やキリスト教の財力のすごさが、こうした文化を遺すのかと思います。

パリの、ノートルダム寺院もすばらしいですが、――ヨーロッパの寺院は、どれもどれもため息の出る建築物ばかりですね。兵隊さんの服装、動きを見ていて、まるで「アリス・ワンダーランド」の世界のようだと思いました。ちょっぴりユーモラスであの北朝鮮や中国、ロシアのそれとは趣きが異ります。お国柄なのでしょうか。

英国の歴史からすると、過去にあった何やらおどろおどろしい事共は拭い去られて、あたたかで穏やかな女王の笑みが、国民に惜しまれ愛される現代になっているようです。

――棺の上を飾っていた花のアレンジが、私などから見ると、いささかあっさりと無造作すぎるようで意外の感があったのですが、女王の結婚式の時のブーケから取って、庭に植え付け、育てたものを使ったということを知って、納得しました。欲を言えば、アレにカサブランカとか、ファレノを足して、もっと華やかに、白を使って欲しかった。

添えて飾られていた王冠についても、インドからクレームのついている〝コイヌール〟という巨大なダイヤがどこにあったのか、わかりませんでした。以前フランクリンミントかなんかで、その〝コイヌール〟のレプリカを売り出したことがありました。ペンダントだったかリングだったかは忘れましたが、いやに鮮やかに記憶しています。それひとつで見る方が、巨大さ、華麗さで輝やいてみえたのかもしれません。

拝復
きのう21日、すてきなテーブル・マットと御便り拝受いたしました。

本当に度々のお心づかい、恐縮でなりません。ありがとうございました。

テーブル・マットは、いまのところ実際に使えるような暮しぶりではありませんので、和紙箋として使ったり、色紙ふうに使用したりさせて戴こうかと考えております。それに、花のアレンジメントなどにも。和紙って、味わいがあっていいですね。紙の文化は何となく〝ゆとり〟を感じさせます。心から御礼申し上げます。

次々と重ねての御心づかい、御心づくしに、本当に感謝しておりますけれど、こんなにして戴いていいのかしらと、折々心配にもなります。

つい御好意に甘えてしまっておりますが、ほんとうに有難い御厚意と思っております。

同封されていた大きな写真は、Sさんの御手に依る撮影でしょうか？　ゆうゆうとした自然のなかの、ほんらいの露天風呂の風景。かすかな風にのって、湯けむりの匂いがこゝまで届いて来そうな感じがします。殺人も、テロも、あくせくした日常も消えてしまって、ぽっかりと投げ出されたような時間がそこにありますね。

温泉たまごを美味しそうにほおばっていらっしゃるSさんが、見えるようです。食べられた玉子も、お腹のなかで大きなのびをしそうな。


――「がんばらない」拝読いたしました。

タイトルを見たとき、この2、3年で読みちらしたこの種の本のあれこれを思いました。何かの道しるべのようなものを捜して、ずいぶんたくさん読んだものです。おしまいには脳とこゝろの関係にまで手を伸して結局どうしようもなく、自分の裡に帰ってしまうくりかえしでした。

けれども、この本を拝読して、その種類とは少し違うと思いました。ハウツーものでもなく、オセッキョウでもなく、精神分析でもなく、とても素直であたたかい。それはおそらくこの本の内容の半分くらいは、著者が自分自身のためにつゞったものと思われるものだから……でしょうか？

　ほんとうに自分のしてきたこと、自分の出会ったこと、そのなかのひとびとを書いたからだと言える気がします。くりかえし、くりかえし語られるのは、著者が自分の内奥から感じて生れてきた〝これからの、あるべき医療〟だけです。何ていいひとだ、と思いました。ほんとうに、こんな病院があったの？　と。

　こういうひとこそ、ホントにお医者さまであり、先生と呼ぶにふさわしい方ですね。おどろき、感動しました。子供のころから自分というものを持ち、ちっとも変らず成熟しているヒューマニズム。すばらしいと思いました。

　同じく学生運動に係わり、投獄され、敗残の人生にしてしまった、私の知っている元京大生とはエライ違いだと思いました。

　どこが違うのか――、同じ体験をしても、それをよき肥料として超えることのできるひとと、そうでないひとと――。そして、たゞたゞ自分自身にのみ夢中のひとと、いまの自分に何ができるか、何をしたいか、何を捜しているか、……を常に考えて身近なところから地道に労を積んでゆけるひとと。

　端的に云えば、受動と能動のちがいなのかもしれません。でも、その根源には、ひとをよろこばせたいという優しさや、もって生れたゆとりの資質もあるかもしれません。

何しろ謙虚なひとがらですし。

——どの本も、書き出しの一節、二節、一章二章あたりまでは、ちょっと固いですね。すべてではなくとも、多いようです。ちょっと気負いや理性のテレが出るのかもしれません。節や章が進むにつれて、筆がのび、ペンが走ります。

ちょっとしたエピソードには、どこかで読んだ気のするできごともありますが、人間もよう、時に似たこともあるでしょう。

——私は看護婦のたまごで涙しました。ぽろぽろっと涙がこぼれて、感動しました。たまごはいきなり蝶にはなりません。さなぎになって(毛虫)それから蝶になるんでしょうが、……などと思いながら、たまごのお話はいちばん心うたれました。うれしいお話でした。ひとが育つ、ってとってもすばらしいことだと思います。そして、(よきこと) の何かが、その値うちを味わえるひとと、ひととの出会いがまた、すてきだと。

いい本を読ませていたゞきました。こういう本は、ウチの母ごのみだと思いますので、私の母にもすゝめてみます (或いはもう読んでいるかもしれませんが)。

ちなみにウチの母は、結婚まえまでは東北大の外科の看護婦をしていました。役人の父に逝かれてから教育事務所に再就職したそうです。

叔父（戸籍上は祖父になります）は外科医でしたが、自らモルヒネ中毒となり、芸者さんのところで亡くなりました。でも、私は生まれていないころのことです。祖母（戸籍上の祖母でホントは叔母にあたります）は派出看護婦会も営んでいました。これも私の出生前のことです。階段の踊り場の柱に〝ベルが鳴ったらすぐ降りること〟という札があったのを覚えています。そしてもはや鳴らないベルも。

家のなかの物置には、いつもたくさんのモノがつまっていて、学校を休みがちの私にとってワクワクする発見の場所でした。書画、骨董、軸、デッサン、絵画、古くさい全集本、ぶ厚い講談本、アルバム、手術道具、医学書、ランプまで。

そんななかで、私は子供の頃からお医者さまにはゴ縁が深かったわけです。主治医（？）が三人もいて、往診を定期的にして下さるかかりつけの公立病院の医師、それに家の親しい開業医が二人、という具合でした。少し大きくなって元気な生活を過しているようなときでも、他の用事で訪れた際には、必ず呼びつけられて、その医師の前に座らされました。するとその医師は、――大概酒をのんでいて、いささかほろ酔いです。

――卓上のスプーンを私の口に入れて舌を抑え、チョイとのどの奥を見て、「ウム。まずまずかな」なんて。子供ごころに何か少々いいかげんなモノを感じたりしました（こういう体験が、後々大人をナメる傾向に育ったのです）。

以来この年令まで、ほんとうにたくさんの医師に出会いました。親切な医師、ウデの良い医師、ユニークな医師、魅力的な医師、……Totalで云えばそう悪くはありません。でも、この本のカマタ先生のような大きなヒトは格別だと思いました。こゝまでのヒトになると、実際に係ってみたいとは思いませんが、感動しています。この本を読んで、患者さんはさらに増えてゆくことでしょう。それもまた、とてもいいことですね。
この本には、家族のいない患者さんとか、貧しくて治療費の払えないようなヒトのことは書かれていませんが、きっといずれ著者はその方面にも手を差しのべてゆく時がくることでしょう。うれしい本の一冊でした。〝Sさん、ありがとう〟

朝夕の冷えこみが、急に厳しくなりました。
御身御大切にお過ごし下さい！

敬具

Kさま
拝復
寒中お見舞い申し上げます。

厳しい冷え込みが続いております。そろそろ寒さも峠を越すころとは存じますが、その後、お変わりございませんか。

14日付のお便り、有り難く感動を覚えながら拝読いたしました。御礼申し上げます。何度も繰り返し読ませて頂きましたが、その度ごと感歎の意を深めております。なんと見事な御文でありますことか。

私は、お手紙が、私に宛てて書いてくださったものだということを、ふと逸脱して、秀逸な文学の一篇を鑑賞する心地を味わって居ります。

「トルコ桔梗が、」と書かれた辺りでは、まざまざと情景が浮かんできて、紫の花弁が微かな風に揺れ、夏の日の夕の空の色、たたんで立てかけてあるパラソルの止め紐までが鮮やかな映像として見えて参りました。

これほど香りたかい文学的なお手紙を戴きますのは、私などには勿体無く過分のことに思えてなりません。

けれども、(母との絡み)を別枠にしてしまいますと、近頃これほど美しい文章に触れることが出来ますのは、ごくごく稀なことでございます。

一読者が佳品に出会えた歓びを堪能させて頂きますことを、お許しいただけるでしょうか。また、新年のお歌の格調の高さと五月のお歌の柔らかな響き、・・・その大きな傾向の差にも驚嘆致しました。実に幅広く、深い、奥行きのある才能をお持ちの方だと改めて感じ入っております。門外漢の私などがこうしたことを申し上げますのは、全く僭越至極ではございますが。

いろいろと、私の身に余る御厚情、本当に有難うございました。

時にふと、あれほど厳しく一線を引いて、私が関わることを忌避していた母の世界の、殊更格別の方から、今またこうして私まで御温情戴いているというのは、罪に当たらないかと自問したりしております。

ただ一度のチャンスも生かせず確執の混沌を残してしまいましたため、未だに折に触れ、未消化物の破片を転がしたりしては、ついつい迷いを覚えることもございますもので。

・・・しかし、済んでしまったこと、過ぎたことは変えられません。いま在るところで、自然に任せ、心のままに、とは思いますものの、さて、そのこころそのものこそ重要な鍵ではないか、というところでつと立ち止まってしまうことも屢々・・・。

自分の心奥の真実と対峙することほど悩ましいことはありませんから。ともすれば自己弁解になり、一方行過ぎると自虐的になりして、生き難くなってしまいます。自他ともに、

「許し」という概念は、こんなところから生まれたのかもしれません。

もうひとつ、つまらないことをお喋りしても宜しいでしょうか?

母がもう母の人格を失ってしまった頃、そして母が逝ってすぐのころ、どういう訳か私の中に、ぽっと短歌「のような」ものが浮かびました。日常の雑事に動き回っている最中などに、言葉の切れ端がうるさく耳につくものですから、吐き出してしまうつもりで、切れ切れに掴まえ、走り書きした紙切れを電話台の引き出しに放り込んでおきました。それきり忘れておりましたが、先日他の探し物があって引き出しを開けたとき、クシャクシャの紙切れを見つけてしまいました。

瞬間、混沌としたもののなか、お腹の一部が熱くなったような気がしました。短歌の何たるかも知らない私です。それなのに何故、歌のようなかたちで浮かんで耳についたものでしょうか。それを突き詰めてゆくには、まだもう少し時間が必要な気がしております。いずれ機が熟し、答えを見出せるときがくるでしょう。無理な自己分析も又、とかく誤謬が多くなるものですから。

「の、ようなもの」を推敲してみましたが、やはり「らしきもの」以上には仕上がりませんでした。もともと私には無理なことですし、向いてもいないと思います。それに、仕上

げてみたところで、一体どんな意味があるでしょう。結局途中で投げ出してしまいました

が、妙に気にかかるところも残りました。まことに畏れ多いことではございますが、(そ

うだ。Ｋさんという素晴らしい先生が居られる。先生に棄てて頂こう。それで私の、「Ｋ

さんの中の私の母」に対する供養がひとつ適うのかもしれない)などと思い付きました。

しかし、本当のところは、未だ大らかなところに辿りつかず、意識的に親不孝のまま、

を居直って通し続ける私です。それもこれも、単なる自己弁解に過ぎないかもしれません。

或いは、一種の復讐心のかたちかもしれません。そしてまた、それらを総て包括した、母

性への甘えや憧れなのかもしれません。

・・・ともあれ、つまらない手紙として御読み流しくださって、棄てていただければ有

り難く幸いに存じます。

(彼岸荒れ)の言葉教へしひとはいま四季悉く春にし給ふ

いま母は歌詠むことも忘れ居て幼き日々を遊び給ふや

病みてなほ疎みしひとの性吾にも残せしか思いあふれつ

家をすて血を超へて生きむとす駆けりきて見む儚さならむ

与えられずしてこそ選みし吾が道は哀しみにあらず悔いに能はず

いぶき会は、いまKさんが率いて居られる会です。私は、ずっと以前から、Kさんこそそれに相応しい方だと思っておりました。その通り順調に素晴らしい活動を続けていらっしゃると伺い、余所ながら本当に嬉しくお祝い申し上げます。

男性会員も四人加わっておられますとか、とても喜ばしいことだと思いました。確かにKさんが仰言います通り、女性だけの集まりより雰囲気も和むと思います。会員の方夫々のご事情によって悲しみや寂しいこともおありかとは存じますが、それを超えるものもきっとあると信じております。どうぞ、くれぐれもお身体をお大切に、どうぞ存分に「いま」を楽しんでお励み下さいます様に。ありがとうございました。

こころ込めて

敬具

前略御免下さい。

毎日毎日、着替えに悩まされる気温の上下続いたあとで、どどーんと冬になりました。あの暑さにも相当の思いありましたが、寒い冬もなかなか大変です。動物としての体力ある若いころは、それなりに日本の四季を愛でる感性があったとはいえ、この年令になると、身体も、こころも老け込んでしまって、いまでは、「四季」がall気に入らない（というより、感応できなくなってきました）。

Oさんは、ほんらいが寛容なおひとがらのようですから、私のような狭量の老人には決してならないことでしょう。

こんな性格というのは、子供のころからずっと、老人となっても、変らず、直らないものなのですね。時々、私は自分の性格や思考が、二十日ねずみが休みなく輪を回している図、そのもののように見えています。世間知らず、自己中、自我、自尊、語り尽せぬほど破茶滅茶の人生、ぎゅう詰め満杯であふれる切れ切れの想いや思い出、どうしょうもなく、果てしもない堂々めぐりばかりで。ともすると、そうした思念、想念のあふれかえる海のなかで、溺れてしまうような、呼吸困難を覚えることさえあります。

先日、電話でOさんが、お三味線をひき、うたって居られると伺ったとき、その場面が、ぱっと心に浮びました。あゝ、Oさんは、そんなとき、無心になられるのだな。そうして、——無心に弾き、うたえることで、ストレスからも解放され、心洗われるときを持たれているのでは……などと思いました。

——子どものころ、なぜか、誰も弾きもしないのに、三味線がありました。私が祖母に、琴を習いたいと言ったことがあります。祖母は、〝琴は、座敷を選ぶものだから、三味線の方がいい。丁度ウチにあるから〟と。私が興味を示さなかったことで、急に思いついたように、その三味線を、出入りしていた芸者のジロー（二郎？）さんに、上げてしまいました。（そういうことは、他にも、いくつかあります。ある日、突然、それまで見たこともなかった五段か――七段かの、華やかなひなが飾られていて、おどろくと、〝これは、施設に寄附する〟と。たった一日だけ、ちょっと目にしただけで、あっという間に貰われて行きました（どうしてこれ迄、飾ってくれなかったのでしょう）。

〝あなた方はいいの。家があるんだから〟それでお終い。

ちなみに芸者のジロー（二郎）さんと、もうひとりの芸者さんは、家で度々あった小さな宴会によばれて来る二人で、正月は高島田に黒紋附、裾を左手に持って、挨拶に来てくれたものでした。そして、彼女たちの朱いろのけだしは、私のイタ・セクスアリスです。

子どもはお寝み、で、二階への階段を登る途中、私はこっそり障子のすきまから、大人たちの時間の賑やかな嬌声や、三味の音、何やら秘密めかしいさんざめきの様子を、のぞき見したものでした。三味については、あと三つくらいの〝思い〟が残っています。

まずひとつは〝文楽〟――人形浄瑠璃。

〝子供にはちょっと〟……という人々のこえを押し切って、祖母は小学生の私に、文楽の生の舞台を見せてくれたりもしました。はじめ黒子が気になったが、やがて見えなくなり、舞台のストーリーにひきこまれていった、報告に、祖母は〝あゝ、それでいい。それでいい〟と顔をかがやかせていました。

やがて年経て、私が、六本木のシナリオ・センターに通い始めて——演劇の原点として、能や文楽にのめり込み、何年も通いつゞけるうち、かつて子供のころ見た文楽の人形師や太棹の三味線師が、人間国宝であったことに気付いたりしました。当時すでにそうだったのか、後にそうなったのかは、わかりませんが。

そして、またあるとき（これは大人になってからのこと）、能や文楽が好きという私と知って、（当時）〇〇放送の部長さんが、国立劇場に誘って下さったことが。そのときの、——胸に、こゝろに、体中に、——ずん、とひゞいて泌みわたってくる、すばらしい太棹の音色。語りの口調。忘れ難いものがあります。これこそ、人間国宝のヒトなのでした。

——それから又、あるとき、夜の銀座。夜更けて、バーやクラブがはねるころ、さらなるお楽しみと、軽い夜食をとるために、〝喜の字〟という和食屋さんへ、何人かで。そこで出会ったのが、店長をまかされている三味線と端唄の名手。何とまあ、粋でありましたことか——。

京の夏。川にせり出して組まれた〝床《ゆか》〟で食事しているとき、下の河原を、浴衣すがたの〝流し〟が、三味を弾きながらうたってゆきます。時に立ちどまり、こちらを見つめて、情景に合った小粋な唄を届けてくれたり……

思い返すと、私の三味にまつわる思い出は、（太棹は別）どうも〝粋〟なものが多くあるようです。

そしてまた、津軽三味線の、おどろき。これはたった一度、舞台でのものに触れただけですが、総身、肌が粟立つような衝撃におそわれました。後々、行った映画館で見た邦画のＢＧＭが、大音響の津軽三味線で、そのときもまた、肌が、ざわざわと総毛だつようで、衝撃的でした。映画そのものは、私にとって、いささかほんらいの好みからは外れていたのでしたが、音楽効果の大きさは映画全体とマッチして、何かしらの受賞に価する作品になっていたと思います。実際何かの賞を受賞したのですから。——これは、いまさらの私ごと、まさに余談の（告白）ですが、——自分のことは別に置き、——私はこと、芸術や芸術家には、〝完成度の高さ〟を最も愛しています（昔はよくあちこち、せっせと行きました）。

文学、絵画、陶、音楽……。そして、そのうえで、自分の好みが定まります（つまり、完成度の高さには敬意をはらっても、好みの分野になければ、そこで〝○〟。と、同時に、自分のなかで「これ以上なし」の評価と感動を見出したあとは、もうその分野にはなかなか足を運んだりしなくなってしまいます（注文が、やたらウルサクなって）。

たとえば、――私は音楽では割合クラシックが好みで（よく知ってはいないのですが、からだに自然に馴染み、調和を覚えるので）よくコンサートに行っていました。こちらで暮すようになってからは、あれも、これも興味のあることの多くを、見たり、聴いたり。へんにしつこいところもあって、〝ん？〟と感じるところがあれば、それが自分のなかで解消、消化、解明されるまで、全体が掴めるときまで、さまざま試みたり、時間をかけたりして〝待ち〟続けたりもしました。若いころは、ビンボーでしたから（いまもそうですが）――まったく後先考えない使い方で投資（？）散財（？）して自分なりの心の充足を得ていました。〝天に宝を積む〟つもりで。けっきょくは、単にひとり勝手の自己満足や充足感、であり、到達する所は常に孤独でしかなかったのですが。

時に、ひとの意見にも耳を傾け、〝？〟との思い抱いても、〝無心〟に努めて、すゝめられたものに対峙してみたりします。また、多くの人々に評価されているものにも、一応は目を通したりもします。

そうした経験の結果、私は（殊にいままでは）ヒトの評価、ヒトの目や耳や舌に、あまり信頼を置かないようになってしまいました。

白洲正子の伝ばかりではありませんが、「一流の宝石鑑定人は、その息子を一流に育てようとするとき、真物だけを見せて育てる」と言うではありませんか。実際、ほんとうによいものに会ってしまうと、〝それ以下〟がわかってしまうものです。理屈ぬきで。何についても。

――ロストロポーヴィッチとワシントン・フィル厚年会館【×（ガッカリ）】、対するチェリヴィダッチとロンドン・フィル（文化会館）【◯（オドロキと感動）】、そしてホロヴィッツの日本公演【×（超ガックリ）】、NHKでの放送、音楽評論家たちの絶賛と否定。カラヤンとベルリンフィル【◯】のときの席選びの誤り（S～Aへ）。突然消えてしまったヴィルトオーゾのラザーリ・ベルマン【◯】。完成された音を追うあまり、公演しないヴァイオリニスト【グルミオー◯】。日比谷公会堂にあらわれた新進ヴァイオリニスト、カラヤン【ギドン・クレメル△】の選出眼。思い返すと、何と多かったことか。真物は、からだの細胞に、直接入りこみ、泌みこみ、自然に胸ふるわせる。偽者は、――あるいは未だ到達し得ないものは、実に自然にはね返ってしまう。

陶は、「姫谷」と「古清水」に出遇って、そこで止めになった（陶に関する家系図の存在）。

――はじめは、O氏に向けて書き始めた手紙だったが、途中から現実の手紙としては断念することにした。こんな手紙を貰ったら、とんでもない拒否に会うことだろう。笑止千万。宛先を、むかしのように〝ワタシ〟にかえよう。

――一時期、何年か、私は同じ手順でしか掃除できなかった。それに気付いて、私は自分が強迫神経症だと自己診断する。しかしやがて年経て、医学の進歩や変容に依り、新たに「発達障害」であることを知る。あてはまることは、それだけでなく多かった。

そして、私は、ある種ある意味では恵まれた環境で育てられながら、一方、「精神的虐待」を受けていたことも、認識する。その症状は小学時代から高校生になって尚、明確にあらわれていたのだった。これも、いまという時代だからこそ言えることで、当時は誰もそんな診断を下せるほどの〝医学〟ではなかったのだ。

だが、私は自分が「障害者」のひとりだという、ある種の自覚があった。〝目に見える障害者だけではないのよ。目に見てとれない障害者だっている。げんに私もそのひとり〟そう言ったことがある。また、〝更年期は、男性にもある〟と公言したこともある。又、一方、発達障害者である私は、まったくささやかではあるが、ちょっぴりひとにない、先んじた感覚のようなものを持っていた（る）ことも、添えておこう。ミーハー、流行に先んじるところも。

コンピュータが活躍する時代が来ることを予言したことも。

――そして、次第に障害者がいかに世に多くいるかということも、判ってきた。へんくつ、がんこ、自己中、千三つ、万八つの嘘つき、さまざま、ほんとうに十人十色、百人百いろ、万人万色であること。

欲も弱さも、生命も、——共通するところは多くあれ、偏った部分や欠けている部分、余計な部分が目立つヒトも、何と多くいることか。美しさも醜さも、誰でもが持っている。弱さもまた。欠点負点をふくめて、自分自身と、人間の限界のようなものを、正視し得るかどうか、その辺りからまた、種々の差異が生じてくるのだが。

ともあれ、そんなところを眺めてしまうと、「もういいな」という気がした。〃見るべきものは見つ〃と誰かの言にあった。そうまでは言いきれず、言うもおこがましいが、この小さな生涯では、それなりに〃もう、いい〃という気がしている。

才能に恵まれ、チャンスに恵まれ、歴史に洗われて残る〃才と成果〃には、心から敬意を抱き、感動する。すべてとの出会いではないにせよ。だが凡人には、そう変わりはない。知ったことでどうあろうか。かたちに残るものは、おそらくひとつもない。地球が解体して、たゞの星屑になって尚、屑のなかの、かつてのアメーバほどの大きさにもならないチリになるだけのこと。〃無〃にかえるだけのこと。生きるについての意義だの、定義だの……祈りでさえも……〃生きて在るもの〃の希求でしかない。生きて在ることそのものが、希望だとも言えるのかもしれない。

種の存続のために、動物も、植物も、人間も、ありとあらゆる便宜を図ってきた。原始時代でさえ、何かしらの知恵を役立てていたにちがいない。

もう終ったな、もう充分、そう思ってさらに生き続けているのが、ふしぎな気がする。自分の目で見、聴き、思考するちからがあるうちはまだしも、だが、それも意味はない。したいこと、したかったことは山ほどあるが、もはや生命欲と生命力とはかみあわない。寛容であろうとは、努めている。しかし、――ヒトがいや、四季がいや、己れがいや、もう疲れきった。何についても意欲が湧かず、あっても持続できない。いったい、いつ終るのだろう。End マークを、どこでつけることができるものだろう。一日が、一月が、一年が、長くも短かくも思える。時間は、刻々、あっというまに過ぎてゆくのに。

細胞の老化とともに、すべての希望もまた、すり減ってゆくものなのだな、と。

M・Mさま
拝復
御便り、懐しく有難く拝見いたしました。
おしまいに書いて下さったところで、「あ、これは大変、何とかご理解戴かなければ!」という件、急いで一筆認めます。どうか決して悪気ない、というところで、舌足らず、説明不足のところは「超訳」して戴いて、ご理解下さいますよう、先にお願いいたします。（初め、急いで電話さし上げることも考えましたが、やっぱり悪筆の手紙にしました。書いてみることで、私自身も、現在の私の立場とか役割りを、ちょっと客観的に眺める結果になるように思えたのです）

問題は、御主人のSさんがふらりとギャランスを訪れたら……という件です。これ、だめ。だめです。なぜ、だめか、これから書きます。うまく説明できるといいのですが。

まず、始めに、つい最近起った事件をひとつ挙げますね。

つい、ひと月ほど前、父の実家のいとこで、深川の方に長く勤めている人が、突然店に入ってきました。もう20年位会ってない人でした。時刻は10時をまわっていたと思います。A社の部長と、その部下にあたる同期の方がいらしていて、お相手していた時でした。ニヤニヤ笑いながら、待合のところを、一、二歩こちたへ来たところで、「あっ！」と私が立ち上りました。お客さまも、チーフも、一瞬ぴたりと会話をとめ、奇妙な雰囲気が流れました。

「親戚なんです。ごめんなさい」と云うや、ぱっといとこに近寄って、ドアの外に連れ出しました。

「困るわ。こんなことされちゃ」と云いながら、かっと怒りがこみあげました。

「やあ。よくわかったねえ。何年ぶりになるかわからん位なのに」

「ええ、すぐわかりました。でも、困ります。こゝは、私の仕事場なんです。不意に現われるなんて、失礼じゃない」

「ついこの先の店で、人と会ってて、ひょっとギャランスというのが目についたんだ。それで一度は来てみたいと思ったものだから」

「親戚の出入りするところじゃないわ。うちは会員制なのよ。それに、電話するなり都合聞くなりするのが常識ってもんじゃない。私の、いまの事情、何も知らないでしょうに。帰って、帰って下さい」

――まるで借金取りに押しかけられたようだわ、と、心のどこかでチラと眺める部分感じながら、説明のつかないいら立ちに情なさを覚えていました。あとで、チーフから「まるで、昔の男がふいに現われたみたいな印象」と云われて又がっくりしました。

「Iさんも、そんな顔して見てましたよ。目顔で、僕にあれ、あれ、ってネ」又々がっくり。

「だって、場ちがいですョ。ウチのお客さんの雰囲気じゃなし。云っといた方がいいですよ。いとこちゃんと」

ウウウ……とうなる思い。後日、再び電話があった時、私はドナッていました。

はタジダジで電話を切りました。

——その件を、母と電話で話しました。母はすぐ理解してくれたようです。もともと親戚とはつきあいの薄い私です。年の離れたいとこです。東京で会ったのはたった一度しかありません。それも、叔母が上京したとき。20年も昔のことです。

ね、人間の生活状況って、流れて、かわってゆくものでしょう。

相手に及ぼす影響なども、どんな要素があるか、わからないこと多いものです。


さて、例が一頁にわたりました。それでも端折ってるのですが。

いま、ギャランスは、女性をおいていません。バブルはじけて、急転して、もう5年になります。したがって、お客さまへの対応は、（チーフがとくに親しい方をのぞいては）私が一人でこなしています（ですから一度に何組もいらしたり、パーティの多勢の時は大変）。

そして、私には私なりのひとつの「役割り」のかたちができ、メンバーにはメンバーなりのギャランスの中でのカラー、とか過ごし方とかに、夫々暗黙の了解や約束ごとが成り立ってきているのです。

女性たちがいる頃からそうしたカラーはたしかにあったのですが、いまでは殊更にたしかなカラーになり、まとまってひとつの「ギャランス」という雰囲気が守られています。

ですから、それに合わない、それを守れないような方は、勿論メンバーになれず、ビジターとして同伴してきても、続かず、いろいろなケースで「ギャランス」路線外の人ということになってしまっています。なかには、ケンカして追い出した人もいます。

いまでは、ほとんど、「ギャランス」ならでは、の少数のお客さまが、メンバーになって下さっているのです。

これは、他の店のママも、（あまりというより数えるほどしかつきあいはありませんが）美容院の内部でさえ、私の「ギャランスカラー」は有効で、「あの人はこういう人、店はこういうところだから」で済んでしまいます。時にはそれがマイナス面に作用することもあるのですが、それなりの枠にはまってしまえば、枠内での役を演じることですむ簡便さのようなものもあります。

また、お客さまの方も、いたく気に入ってひいきにして下さるメンバーもいて下さる一方、路線外、カラー外の方々には不評でしょうと思われます。

「だって、銀座には、３０００軒以上も店がございますもの。そりゃあ、ウチだけが店ではないことぐらい……」

とは私の口グセです。するると有難いメンバーの方が、

「ほれほれ。また始まった。〝お気に召さなければどうぞ他の店へ〟ってネ。追い出されそうになっちまうからこわいんですよ」と笑って下さる。

メンバーは、どんなに私が苦しい経営をしていても、「フリーのお客さまはいれない」ということを、絶対的に信頼して下さっています。あげればいろいろな面で、カラーになっています。ふだんはあまり明確には把握していないのですが、何か〝事〟が起きたときは、それがくっきりと出るようです。

つまり、ギャランスの第一幕、二幕通して、もう実期13年をこえてしまったのですね。バブルはじけての5年（もうすぐ6年になります）の間こそ内容的には「あそび」のない役が続き、濃色のテーマがしぼられたと思えます。そうして、「ギャランス」は、「私のわがまゝ」を超えてしまっているのだと気がつきました。

そうなんです。いまでは、「ギャランス」は私の、私だけのギャランスではなく、長年ひいきにして下さっている、お客さまのためのものにもなっているのです。いえ、むしろいまでは私は私の役を演じ続けるだけ、それもひとつの場、ひとつの雰囲気、ひとつのテーマを作っている「ひとつの要素」というものにかわっているのです。

私は、店に「私生活」を持ちこんでいません。話題としての私生活のモチーフはあれ、そのものとしてはもう実在していないのですね。

20年来会ったこともない、そしてそれほど親しくしたことなど一度もない、年の離れた父方の親戚であるいとこが、突然訪れたことは、私のなかで何かしら「これは何の意味があるのだろう」といった疑問を生んでいるようでした。そして今回、戴いたお便りに返信を認めつゝ、私自身がひとつの回答を見出し掛けている思いがします。

「こうでありたい」という夢、「こうでなきゃいけない」という、そのためのルール、試行錯誤で満身創痍になりながら今日までやってきて、山頂も、経緯も、総じては眺める機にありませんでした。いまより己に甘く、「あそび」にゆとりのあった時代は、夢をかたちづくってゆく覚悟にも、まだまだ甘えがあったと思います。そんなときふりかえってみたとしても、眼近の足跡1つ位しか目に入らなかったのでしょう。

バブルはじけての、この5年が、私の試練の時だったと思い至りました。覚悟に、実践の時を与えられていたのではなかったでしょうか。

そしていま、「武士は食わねど高楊枝」のやせがまん、理想や夢への、自らへの見栄っぱり、意地、「いやなものはいや」のわがまゝを通すために払う高い代価。……払って、捨てて、がまんして、演じて演じ通した部分が、ある意味で実ってくれたような気がします。

そうして、――ギャランスは、私のものではなくなり、私の場でもなくなってしまっていることも、いまわかります。その有難さ!!

これは、感謝すべきことではないでしょうか。元スポンサーにも、メンバーの方々にも、何ものか目に見えないものにも、「ありがとう！」って云わなきゃ。失ってしまったものも、ずいぶん多いけれど、ある意味で私はひとつ、夢だったことを、かたちにしたのだといえないでしょうか。

失敗したこと、数限りなくあるにはありますが、大事には決して妥協せず「がんこな」とか「相当ながんこ者」「手がつけられない……」と評されつゝ損得度外視の信念で貧しさにめげず、臆せず、曲げず、に今日までできて、手に入れたのは夢のひとつのかたち。それも現実としては形にならないかたちだけ。店そのものは、お客さまの、メンバーのもの、になっていました……。夢を手に入れる、ってこういうことだったのでしょうか。しかも、メンバーあっての結果です。ひいきにして下さる方々がいなければ、決してこゝまで来れなかったのですから。


「ギャランス命名のいわれは……?」

と何度聞かれたことか。

天井桟敷の人々の収録本を示して、「女主人公の名前を無断借用したんですの」とか

「ちょっと気に入った科白があって」とか、その場に応じてニコニコ端折ってきました。

はじめは高級割烹やきとりの店を作るつもりでしたから名前は「しの吉」とつけるつもりでした。急きょ、バーにかわって、

「バーしの吉、って変かしら?」「そりゃおかしい」

その頃はまったく自信なくて、そうか、じゃかえなきゃ。と、手近かにあった本をパラパラ……、そこでガンと胸にこたえる科白をみつけたのでした。それをもとに、いろいろ理由づけを並べ、ギャランスにしよう、って。


「気に入った科白って、どんなの?」

という質問には、そこから先の私的な分野、深いものがあればそれだけ云葉にしたくないのと「役割り」の演技で、又ニコニコっと微笑んで黙っちゃう。これまでの13〜14年間で、さらっと何でもないことのようにそれを話したのは、1人か2人です。

フーテンのギャランスが、ぬれぎぬをきせられて、警官におどされ、引かれてゆくところ。

「おまえを逮捕する」

「ならいいわ。では、気をつけて! 私はこわれものよ。貴重品よ。取扱い注意よ!」

ギャランスは、あごをあげて云います。

夢って、こわれやすいじゃないですか。

いつ、ＥＮＤマークが出てもいいように、いつ、幕を下ろしてもいいように、すくなくもも、自分だけは「ま、あれでいいか」と思えるようにと努めて毎日をすごしてきました。今年の後半になって、ときどきふっと、「近いかな？」と思うことがありました。御便り拝見して、だめだめ、って書こうと思いました。でも、なぜだめなのか、どう説明したら良いか、自分でも整理つかない部分もあったのです。いとこを追いかえす時「店で本名で呼びかけられたりしたら困るわ。それに、何話すの」なんて云ったのですが、お芝居の途中でコケたらやっぱりお芝居じゃなくなるのはたしかです。でも、きっと彼には何もわからないまゝでしたろう……。

「私」を出しているように見えて、「私」を殺すこと、求められる場であり雰囲気のなかでいっときを過して戴くこと。そのための役割りをお互いにルールを守りながら夫々に果してこそ、いま、ギャランスはひとつの店として認められています。幕が下りてしまうまでは、私も、役を外れるわけにゆきません。「紳士協定」という名前でもよかったかしら。

そんなわけで、だめだめ、です。私的生活が生まで出ちゃうかもしれない、台本にない、打ち合わせの不足している挿入劇は、きっとお芝居にならなくなります。

御主人が、一度は見てやっておこう、と仰云って下さるお気持ちは、わかるような気もしますけれど、それなら土曜、日曜、になる日を選んで下さるようお話下さいませんか。そして、お一人じゃだめです。大勢も、だめです。せいぜいお二人か三人位までにして戴きたいの。

土曜、日曜、祭日、そして自宅、……でも店でも、営業時間以外でしたら私も一度は見といて戴きたいな、という気持ちが、ないでもありません。Mさんとお二人、お揃いでならこれ以上ないのですが。そして、事前にきっとごれんらく下さい。

人手がなく、時間に追われて生活してます。いきなりでは時間がとれないこともありますので。もっとも大変なことが、犬たちのこと。彼らとのルールも、守ってやらなきゃいけません。

以前、Tさんが、「いろいろと条件が多くて、ムヅカしいんだよな」と笑ってましたが、そういう生活、そういう状況、そういう仕事あって現在の私が『ようやく』在れるのですから、ご理解下さいね。

ありがとうございました。こういう機会がなければ、私も気づかなかった、或いは疑問のまゝ抱いてのこしていたこと、眺めてみることができませんでした。感謝します。ほんとうにありがとうございました。

長文になり乱文になりましたこと、おゆるし下さい。御主人には、くれぐれもよろしく御伝え下さいまし。そして、ぜひ、お二人でいらして下さいよ!!

敬具

Mさま

お約束しましたね。

富谷町で過ごした何年かの間の、さまざまの出来ごとのなか、殊更心に残っている二つのエピソード、お話することを。

「ぜひ、聞きたい。聞かせて!」

そう仰言って下さったのを、そのまゝ受け止めて、ほんとうにお話するつもりでした。

しかし、あれからでさえ、月日が、いえ、年月が経ってしまっています。なかなかお話できず、書けませんでした。

さて、どこからお話（書けば）すればいいでしょうか。

ひとつ、小さな女の子のことを書きたいと思いますが。

そのころ私は、先の見通しなど全く立たないまゝ、再び東京へ帰ろう、と決意していました。

ほんとうは、その富谷町に越してくるに至るまででさえ、それはもういろいろ、さまざまのことがあって、語り尽せないくらいの試練に会いました。そして、5匹の犬を抱え、これまた行きあたりばったりの、賭けを打つような、危っかしい再生の道を、富谷町に求めたのでした。何年間か、戦い続けましたが、私はやはり賭けに大負けし、一千万以上の借金を追う結果となり、身動きできなくなったというわけです。その時分、母は認知症にかゝり始めていました。勿論それに気付いたのは、その後数年経ってからでしたが。

――しかし、当時の状況を説明するとなると、あまりに複雑すぎますから、すべて端折ることにします。

ともかく、私は住んでいる家を売って、東京へ戻るつもりでしました。何のあてもなく。

たゞ、白金獣医科のS先生や、〝茶屋小路〟のマスター、などから戴いた手紙や電話が、心のなかの小さな支えになっていました。

〝帰っておいで。どんなにつらくても、東京にいる方が、らくな筈。何とかなるさ〟詳しい事情など知らないまゝで、何度もそう仰云って下さって。

――ボランティアで、町内会の主婦十数人に教えていたフラワー教室も一区切り、一代めのオールド・E・S・Dogのブッチも病死し、車の免許も取得し終え、私は残った犬たちと、家が売れるときを、ひたすら待ってくらしていました。そんなころの、ちょっとしたエピソードです。

季節が、春だったのか、秋だったか、もう覚えていません。何の用事で、外に出たのかも、いまや忘れきってしまっています。

石段を降り、道に出て、三、四軒めの家の前に立っている女の子が目に入りました。丁度、母親らしき女性が、角を曲ってゆく後姿も。ゴミでも出しに行ったのでしょうか。

この団地は、まだ新しくて、広く、夫々に違った戸建ての団地で、町内会館もおどろくほど広々と設備が整って居り、ゴミの集積場さえ、屋根つき戸付きの、ゆとりある清潔な物置のようでした。

〝何してるの？　お母さん、待ってるのかな？〟

と、私は声をかけました。4~5才くらいの子だったと思います。女の子が、コクリとうなずいたのへ笑いかけ、私は通りすぎました。それからほんの数分後、家に戻ろうと、その道に来ると、母親らしきひとが、慌てふためいているのです。つい、〝どうなさったの？〟と聞くと、

「子供が、いなくなったんです」

もう既に顔いろも青ざめて、うろたえるばかり。

「ええっ？　さっきまで、こゝにいたのに！」

「ええ。私、ゴミ出しに行って、――そしたら、――戻ったらいないんです！」

「そんな！　何してるの、お母さんを、待ってるの？　って聞いたら、うん。って、うなずいてたのに……。その辺にいるんじゃないかしら」

「いないんです！　どこにも！」

「じゃあ、私はこちらの方を見てきますから、お母さんは会館の方を。手分けして捜しましょう」

彼女はうなずいて行きかけました。

「お子さんのお名前は？　お名前、何と仰云るの？」

「ち、……T……です。」悲鳴のような声でした。

「Tちゃん、ね」私は駆け出しつゝ、くりかえしました。「Tちゃーん」叫びながら、あ

ちこち目を走らせて——が、みつからず。しかし、幼い子の足で、どこまでの距離を行けるものでしょうか。まさか。もしかしたら。ユウカイ、というおそれが、頭をかすめるや、私はとって返して母親をつかまえました。彼女はもう、まっさおになっています。

「あのね。この地区の駐在所に電話して！」

「えっ！　でも……」

「電話して！　いつも車でパトロールしているんだから、捜して貰うのよ！　すぐ動いてくれる筈だわ！　電話して！」

「でも……」怖がる彼女へ「電話しなさい！」私は命令口調で言いました。

家の戸口に、お姑さんか、はたまた彼女の母か、——がふだん不愛想な表情を、さらに歪め憤りも露わ、こちらをにらみ据えて立ち尽していました。

（ふん！　どっちが怖い？）私は彼女の背を押して、

「早く！」

——それから間もなく、子供はみつかりました。坂を下りて、大きな国道に沿う歩道を、一人でトコトコ歩いていましたとか。仙台方向の道でした。パトカーは、団地内をぐるぐる上り下りして走り回り、その後、国道まで下りてようやくみつけた、とのことでした。

ユウカイなどに出会わなかったのは、本当に幸いなことでした。みつかって、また皆が大騒ぎしているうちに、私はほっとして家に戻りました。２時間ほど経った頃でしたろうか。チャイムが鳴らされ、出てみると、子供の——Tちゃんのお母さんが立っていました。

「ありがとうございました」

涙ぐんで、実際泣いたあとのような表情で、彼女は菓子が入っているようなペーパーバッグを、私に差し出しました。

「ほんの気持ちなんです。お礼の……」

私はぐっとそれを押し返し、

「やめて下さい。そんなこと」

「でも、あのとき、電話をしろと言って戴けなかったら！　ほんとに、ほんとに、……」

また、涙声になって渡そうとするのへ、

「お礼なんて！　そういうことじゃないでしょ。私、先にTちゃんとことばを交してるんです。お母さまが戻って来られるまで、見てて上げるべきでした。私にも責任はあるんです！　ねえ——。子供っていう存在は、どんな大人にも、いつも何かしらの責任があるもんなんですよ。そういうことに、お礼だなんて、ふさわしいことじゃないでしょう」

母なのか、嫁なのか——そのひとは私の言ったことを、理解してくれて、ペーパーバッグを引込め、深々とお辞儀して帰ってゆきました。

それから2、3日後、玄関のチャイムが鳴り……私は不動産屋か、フラワー教室の生徒さんの誰か……そう思って、

「はい。どなた？」

「T！」

ええっ？　ナニ？　いったい何？　出てみると、まさしく。

「どーしたの。一人で来たの？　お母さんは？」

「うん。ちゃんと、言ってきた」

「ふうん？　ご用は、ナニ？」

「あそぼ」

(うへっ！　何だって？)

この辺りには、保育園とか幼稚園はないのか？　と思いました。参りました。弱っちゃいましたねえ。

おそらく、――考えるに、この子の母親は、「あの家なら行ってもいい」と考えたか、言ったか――したのだろう、と推測。それにしても、あゝ！　やめてよ。ワタシは、ほんらい子供なんか、苦手。何をして「あそぶ」というの？　やむなし。私はその子を家に入れました。

「何をしてあそぶの？」

「何でも。お絵かき」

はぁ。どういうわけか、ウチには色えんぴつあり、クレヨンあり。絵の具あり。紙あり。テーブルあり。折紙あり。リボンあり。Tちゃんは、もの珍しそうに家の中を見回し、あれこれ見て　これナニ？　わあ、これ！　と。見て回るだけでも、充分楽し気でした。

暫く〝お絵かき〟をし、ティータイムをたのしみ、私が思っていたより、もうすこし年令が高いのかも、なんて。彼女は私のことを〝しのちゃん〟と呼びました。

夕方近く、私が「そろそろお帰りなさいね。夕方近いら、お母さんも心配するでしょ」そう言うと、実にすなおに「うん」と答えて立ち上り、

「又来てもいい？」

「いいわよ。でも、ちゃんとお母さんに言って、ＯＫが出たら、ね」

「うん。大丈夫」

ぐへえっ！　私は疲れました。何度も言うけど、本来私は子供とか、年寄りとか、苦手なんです。

その翌日は、ポストに手紙が入っていました。下手くそな、子供の文字で、(しのちゃんへ。またあそぼうね)。翌日も。そのまた翌日も。手紙。そして絵。そしてチャイム。

Tちゃんは、度々訪れてきました。時に、もっと小さな弟といっしょに。また、思いがけず、友達だという女の子も連れてきたり。〝ティー・タイム〟のおやつがねらいか？　時にトランプ、お絵かき。リボン作り。おはなし。1年以上も、つきあわされたものです。

「明日、弟の誕生日なの！」彼女は私をみつめました！

そう言われると、近くのケーキやさんに行かざるを得ません。バースデー・ケーキは、Tちゃんをはじめ、お母さんも、そのお姑さんか母上か――もおどろいたらしく、翌日、お母さんが、自宅で作った草餅を、持ってきてくれました。これはしょうがない。戴くことにしました。

Tちゃんは殊のほか大喜びで、以後さらに「お手紙」と来訪が増えました。やむなし。私のとった言動の結果なのですから。

（私は、自分の母と、子供のころに私の養育係も努めてくれていた〝Kちゃん〟という若いお手伝いさんのことが、ずっと胸にのこっていたことに気付きます）↑後述

つまり、つき放すことは、できませんでした。それに、自分のとった行動や、言ったことに責任を取れないのは、恥ずかしいことだと知っていました。ここまでよ、と線を引いてしまうのも、〝子供〟にとっては罪深いことになるということも。

ただし、〝死〟や〝別離〟は、勿論どうしょうもありません。こればかりは、「恨みっこ

なし」のことなのですから。

——売掛金の集金でくらすのもさすがに行き詰まってきて、私は家を売り急ぎました。また、不動産屋の男性にも、少なからずのあやし気な雰囲気を感じて、早めの変更を試み、さんざん値切られた挙句のことですが、ようやく売却に到達しました。

引越しが決まって、あまりに多くの家財。若葉町を出るときはトラック3台以上のものを処分しましたが（かなりの料金になりました！）又してもトラック1台分の処分。さらにきもの類はタンスに入ったまゝで、8～10tの引越車のまゝ、そっくり2台をヤマトの倉庫行きにして預け、花屋の道具類は親類に預け、——フラワー教室の生徒さんたち、隣の親父に記念となるような品々を貰ってもらい、何もかも、ひどい仕分けを指示、すべてヤマトの荷作りで済ませました。その、引越しの当日は、朝から日が暮れるまでかかりましたね。

日の暮れかかるころ、私がふと庭を見ると、庭の向う端に、Tちゃんが立っていました。信じられぬような表情で、ただ——たゞ茫然とした様子で。

——売却が決まってから、私はTちゃんに、近々引越して行くことを話していました。子供ですから、そう聞いても、まったく実感が湧かなかったと思います。

「ほんとに　しのちゃんいなくなっちゃうの？」

「そーよ。会えなくなるの。さびしくなるね」

「ひっこしして、どこへゆくの？」

「トーキョーっていうところ」

「ふーん」

それが、コレです。当日の「引越し」です。家のなか、庭、そこら中、大勢の人々が動きまわっていました。早朝から働いているので、人々ももう相当疲れていたと思います。誰もが無言で、ひたすら忙しく動き回り、戸を外した家の中は乱雑に空っぽになってきていました。うっすらと暗くなり始めた空。Tちゃんを家に帰さなければ。

家の中を見回すと、まだヤマトレディが荷造りを終えていない戸棚があり、そのうえに、ぬいぐるみがひとつ残っていました。NECのSさんが、6丁目から銀座8丁目に移転したギャランスの、新装開店のお祝いに、と抱いてきて下さった、ちょっと大きめの、白と茶色のわんちゃんです。私はとっさに走りよってそのワンちゃんを取りました。庭に出て、Tちゃんに　それを渡し、

「Tちゃん、これ、しのちゃが大事にしてたワンちゃんなの。記念に、貰ってくれる？」

Tちゃんは、ワンちゃんを抱きしめました。ぎゅうっと胸に抱いて、言葉がありません。

ぼうっとしたまゝです。

「もう、夕方だから、お母さんが心配するよ。お家にお帰り」

でも、Tちゃんは立っていました。目を見張ったまゝ、ことばもなく、うなずきもせず、棒のように立ち尽していました。

「元気でいてね」それにも、無反応。やむを得ず、Tちゃんの頭を撫でて、私はもとの作業に戻りましたが、Tちゃんは、立ち去る様子が見えません。わんこを抱きしめたまゝ、どこを見ているのか――まるで虚空をみつめるような眼差しで、立ち尽くして。


冬の夜の闇が濃くなって、もうライトなしでは手許も見えなくなるころ、ようやく最後のトラックが出てゆきました。庭先を見ると、Tちゃんはいなくなっていました。何とか家に帰ってくれたのでしたろうか。それが、Tちゃんと私の〝別離〟です。

その後、彼女を見かけることがなかったのは当然のなりゆきです。

彼女は、あのあと、家へ帰ってから、どうしたろうか……折々、私はあの日のことを思い出して考えたりします。あれから既に20年近い年月が経ちました。中学、高校、大学へは行ったのかな、もう大人です。どうしているかな。

いまの住居にくらすようになってからも、フラワー教室の生徒さんだった何人かから、年賀状や、手紙や、電話を貰うことがありました。

〝Tちゃんのこと、聞いてみようかな〟そう思ったりもしましたが、結局そういう話はしないまゝ、過ごしてしまいました。

――月に一度通っている眼科があります。10年の余も変らず。その待合室に、小さな書棚があり、子供向けの本が5、6冊、大人向けの（私が寄附した）本が4、5冊あるなかの間にぬいぐるみが2匹、座っています。一匹はりす。もう一匹が……あの……まったく同じ、わんちゃん。はじめて見かけたときは、〝あっ〟と思いました。胸が、ちくちくしました。下さったSさんを思ってのことではなく、あの日の、うす闇せまる空の下、庭の向うにワンちゃんを抱いて立ちつくしている　Tちゃんが。

眼科にゆくたび、そのワンコが目に入るたび、胸がちくちくするので、私はそちらを見ないようにしています。悪いことをした、とか、よいことだった、とか、そういう分野のことではありません。表現し難い、さまざまの〝思い〟が、ちくちく胸を刺すのです。

何度も言いますが、私は子どもと、年寄り――老人が苦手です。でも、忘れ難い老人もいます。

長年、魚店をやっていて、引退したご主人が、私が、まだF市にいたころ、ウチの留守役を買って毎日来ていました。私は何をしていたのでしたか――。よく二人でおしゃべりして。他愛のない会話ばかり。ふたりでよくお茶をしました。お菓子を食べたり、笑いあったり。私がよくカゼをこじらせて寝込んでいた夜、夫人が訪れて、「うちのが（ご主人が）心配して、どうしてもコレを食べさせたい、って包丁握って、作ったんです」

大きなお椀に、たっぷりの茶碗蒸しでした。たったひとつ。私のためだけの。経営していた魚店では料理屋も兼ねていたそうですから、聞けば腕の立つ料理人だったということです。博打ですっかり財産を失った、とも聞いた覚えがありますが、ふだんは夫人と二人きり、ひっそりと暮しているようでした。おだやかでやさしいひとでした。そのHさんと私の、束の間の交流は、ある種の友情、ヒミツの同志のようなもの、だったかもしれません。――まったく異った世界のひとではありますが、そのHさんのことを思い出すとき、何故か、ギャランスによくいらして下さっていた作曲家のHさんというひとが、重なるんです。

惜しいことに、亡くなってしまわれましたが――ほおっと温い、大好きな方のひとりでした。懐しく慕わしい、――たくさんの思い出は、大切に心に収ってあります。

Tちゃんは、元気でいてくれるでしょうか――。

――私が子供のころ、ウチにふたりのお手伝いさんがいました。そのうちの一人、「K

ちゃん」という女性が、私の面倒をみてくれることに。中学を出てすぐ、ウチで住み込み、病気がちの私の相手をしてくれたのです。家人は皆、仕事でとかく留守になることが多く、友達もいない私には、年若い彼女が、恰好の相手とされたのでしょう。

私は小学1年か2年。1年生の時は、その大半（6ヶ月以上）を病欠でしたから、復学したあとのことだったと思います。Kちゃんは中学を出てすぐ。三つ編みのお下げ髪、赤ワンピースを着ていた姿しか（いまはもう）思い出せません。赤といっても、くすんだ赤で、相当着馴らした感じが、むしろ地味に見えました。ほかのものも着たと思うのですが、度々目にしたそのワンピースのKちゃんしか、覚えていないのです。

私はほとんどの時間を家の中で過ごし、あまり手のかからない子供だったと思います。Kちゃんと出掛けたのは、八百や市に（初めて）行ったことくらいしか、記憶にありません。二人ですごす時間が重なり、二人共にお互いに馴れあうようになりました。そしてある日、私は生れてはじめて、彼女に、駄々をこねたのです。たぶん、いちどやってみたい欲求があったのでしょう。鉛筆を削ってくれ、といった、ひどくつまらないことを、私は要求して駄々をこねました。Kちゃんは自分でやれ！　と突っ放ねました。それでもグズる私を、怒った顔でみつめ、それから突然憎らし気にそっぽをむき、階段の途中に腰かけて返事もしなくなり、――ふっとひざの間にかおを埋めました。そのときの、彼女の様子は、まるでいちまいの写真のように私の胸に張りついています。

〝あゝ！　何で私は、こんなめに会わなきゃいけないの！

あゝ！　うちへ帰りたい！　お母さんに会いたい！〟

そんな叫びが、実際聞えた気がしました。

瞬時にして、私は悟りました。そうなんだ。やっぱりひとに甘えてはいけないんだ、と。

Kちゃんが、どんなに淋しかったか、どれほどつらかったか、私の胸に、その哀しみやさびしさが、ぷすぷす、ぐさぐさ、突き刺さるように伝わってきました。わるいことをしてしまった……。私は謝ることもできないまゝ、たゞ、彼女をみつめていました。Kちゃんと、赤い、ワンピース。――以後、私は二度と駄々をコネたりしませんでした。

勿論この日のことを家人に話したりすることもなく、自分の〝恥〟として、さらにおとなしい子になりました。


こゝろに残っているひと、たくさんいます。忘れられないひと、折々　鮮やかによみがえるシーン、何と多いことでしょう。

もっとも、一方、思い出したくないことや、忘れてしまいたい人なども、たくさん、ほんとにたくさんあるのですが。

では、また。乱筆乱文、おゆるし下さい。
※運動、始めましたか?
　ひとに教えたりしていたのですから、すこしは取り戻して下さいね。

拝啓
暦の上では早や立冬を過ぎてしまいました。

晩秋の景色の中で、咲残った野菊や、秋咲きのクロッカスなどが、はかなげに風に揺れています。

お元気にお過ごしでしょうか。ご無沙汰致しております。

過日はカリフォルニア、サンディエゴからのお便り、有り難うございました。かわいらしいイルカは、机の上で小さな海の世界を作って　時々クルクル回って見せたり、飛び上がったり、キューという微かな鳴き声で私に話しかけては慰めてくれています。懐かしい嬉しいお便りでした。

さて、突然ですがお願いがございます。

お忙しいところご迷惑かと存じますが、12月3日（金）7時からの音楽会にいらして戴けないでしょうか。できればI先生、S先生とごいっしょに。

あの頃、長くギャランスにいて声楽を学んでいたK・Mという女性がいることをお話ししたことがございます。

二期会の研修課を最優秀の成績で卒業、その年行われたコンクールで優勝し、川崎静子賞を受賞しました。その後すぐ、さらなる難関を突破して、二年間の国費特別留学生としてミラノに参りました。その間私と彼女は楽しく充実した手紙を書き交わしておりましたが、そのうちの一通に同封された、オーストリアでのコンクールで優勝したこと、また当地の紹介記事など、Sさんに翻訳して戴いたことがございます。覚えていらっしゃいますでしょうか。或いは思い出して戴けたでしょうか。そうなんです。その時の彼女の、夫妻でのコンサートですの。

ミラノ滞在中のさまざまの活躍はもちろんのこと、数々の栄冠と多くの体験を得て彼女は帰国致しました。帰国に際して、同じ声楽の先輩と正式に結婚、今では夫妻それぞれが海外国内を問わず活躍しております（舞台のないときは夫々の母校などで教鞭をとっているようです）。

結婚に関しては、留学の際　夫妻揃っての国費留学ということにネックがあり、出国前には入籍することができませんでした。また、留学の期間も半年のずれが生じ、ご主人の方が早く出国したぶん、半年早く帰国することになったりしました。勿論彼女が帰国するころにはご主人が再びミラノへ出向いて、しばらくイタリアのあちこちを二人で旅して帰って来たようです。そのときも私は彼女の生き生きした幸せに満ちた便りのなかに、たしかなイタリアの陽光や風の色、草や木の匂い、古い絵のような城や石畳の感触までを懐かしく追体験したものでした。

帰国後のいろいろの舞台のうち大きなものでは、初台の第二国立劇場のこけら落としに行われた和製オペラの『タケル』があります。知らせを受けても　私は行けませんでしたが、その年の暮れにＢＳで全幕放送されたものを見ることができました。

生の舞台ではなかったとはいえ、またオペラそのものとしての完成度にはいささか難が多く感じられたとはいえ、準主役級の役をこなす彼女には驚かされました。あまりの成長ぶりにただただ驚き、目を見開き　耳が大きく立ち、喜びが涙に変わり……興奮を押さえ切れずその場で彼女に長い手紙を書き送ったものです。

彼女の音楽学校時代、オペレッタやミュージカルの主役を度々演じるのを、みんなで応援がてら幾度となく見聞きしました。彼女のソプラノは、やや細身の体と同じくすこし頼りなげで、本格的に舞台に立って行くには声量も技法ももう一息、といった心配が感じられたものでした。それが、なんと見事に成長したことでしょう。もともとがとても美しいひとです。二十そこそこだった彼女も女性として最も輝く年代となり、体つきもふっくらと嫌みなく品のよいお色気が現れ、私の身びいきのせいばかりとは言えない魅力で他のだれよりも輝いて見えました。

作曲自体の難を感じさせない位に滑らかで艶やかな歌いぶりは、余裕があり澄み渡ってヴォリュームもテクニックも情感も十分、身のこなしや演技には婉でやかさと大らかなセンスが光っていて、私の目には主役を完全に食っているようにさえ見えたほどです。学んだベルカント唱法も、海外での生活のすべても、そこに至るまでの一途な精進と努力と……なにもかもが彼女の中で昇華したように感じられて嬉しい一夜でした。

昨年、店を始める前でしたが、私は彼女の舞台を直に見聞きしたいのと、第二国立劇場に行ってみたいこともあって、少し無理して帰京（！）しました（上京という言葉に抵抗しております）。

彼女は公演のある毎に度々パンフレットを送ってくれましたが、なかなか出掛けられずにおりました。こっそり行って驚かせてやろうとの悪戯心から、私は密かにチケットを入手し、大きな花束を抱えて新国立劇場に行き、期待に胸ふくらませて幕が上がるのを待ちました。しかし主役のはずのMちゃんが見えません。彼女の声はこんなだった？　うっかりオペラグラスも忘れて、舞台からそう遠くもないS席でしたのに、どうも違う、違ってる、それとも私の感覚が狂ってしまった……！

開幕前に受付で渡した花束とメッセージ、すんなり受け取ってもらえたことで疑いを持たなかったのでしたが……。

一幕が終了しての休憩時、一緒に連れて行った親戚の女性にふと不安を漏らしていました。そこへ　私を呼び出すアナウンスがあって。そうなんです。例によって、またしても私のドジなのでした。

チケットを取るときに、ダブルキャストの曜日を取り違えていたのです。そしてそれを全く確認もせずに思い込みをしたまま、慌ただしく出掛け勢い込んで滑稽な独り相撲をしていたという訳でした。自分にとって都合のよいマチネーが目に飛び込んで来たことから始まった思い込みだったと、後で気が付きましたが……。

『相変わらずいかにもママらしいです。ホントに、全くママらしいとしか言いようがありません。今後はこっそりチケット手に入れようなんて考えないで私に言って下さいね。折角お会いできるチャンスだったのに、本当にそれだけが残念です』

……その翌日、楽屋に届けられた花束に、彼女も一旦は『わっ！ きてくれてる！』と思いこみ、第一幕を演じている間わくわくしていたそうです。後になって事の次第を知り、どんなにがっかりしたことかと笑っていました。花束ももうかなり傷んでいたことでしょうに。

彼女の活躍ぶり、順調な様子は、折々手紙に同封してくれるあちこちのいろいろなコンサートのパンフレットで知ることができます。先日はFM放送で三十分ほどの番組があると知らせてくれました。彼女の略歴紹介があった後、

『こんにちは。K・Mです。きょうは、ベルディのオペラから……』

懐かしい声でのトークとアリアのいくつかでした。もう大丈夫、一流と呼べるのではないでしょうか。

いろいろ悩んだり迷ったりはしても、与えられたチャンスのなかから誤たず一直線にこの道に通じるものだけを選び進んで来ての今日だと思います。

私ともよくケンカ（?）し、それぞれにさまざまのことあった年月の一部分ずつを、みんなで楽しく分け合ったり共有したりして来ました。それもまた、短くも長くも感じられる年月です。

しかし、いまや彼女は私たちの親しかったMちゃんであるだけではなく、立派に日本のクラシック界を担って行くメンバーの一人になっています。

私自身は格別オペラが大好きと言う訳でもなく、深くも知らず、本当のところはむしろクラシックの内のごく限られた分野の、しかも片寄った一部を好んでいるに過ぎません。オペラ部門はどちらかというとかなり苦手の方でした。好きな作曲家の好きな曲だけを、好きなオーケストラで、好きなコンダクターで、好みのホールで、コンチェルトなら好きなピアニスト、好みのヴァイオリニストで、それらが全部揃うとまでゆかなくとも、せめていくつかは揃った所で、一人で聴きたい、という性格です。

その点オペラはそうしたわがままな願望がかなえにくいところが多くありますから。それに近年は舞台にも字幕が出るようになりましたが、言葉の壁があります。ジャズヴォーカルやシャンソンなら、また別なのですが。そのうえに決定的なのは、出演する声楽家の声と容姿があまりにかけ離れていることが多く、物語のイメージとは全く違ってしまったりします。舞台が進むうちには、その磨かれた才能と舞台そのものの魅力で、引き込まれる場合も確かにありますけれど……。

しかし近年私は、ある意味で極端に異なる世界の、能楽の楽しみ方をオペラのそれに当てはめたりしています。味わおうとするとそれもある種自由な楽しみ方で、少し抵抗が少なくなりました。でもご安心ください。K・Mという声楽家は、すばらしく美人ですから。決してご期待を裏切らないと思います。

今回は彼女のご主人と二人揃ってのコンサートです。聴いてやって戴けませんか。いらして戴けませんか。いろいろとご都合や御予定がおありになって、もしかするとかなりご迷惑なことかもしれませんが、どうかお繰り合わせて下さいますようお願い致します。

今回の曲目は、ふだんあまり馴染みのないものばかりのようですが、これからさらに伸びて行く二人の可能性や、今という『時分の花』に触れて戴ければと願っております。

カザルスホールは、先年経営困難のため、一旦閉鎖の運びになったと新聞で読んだ記憶がありますが、音響効果のよい、こじんまりしたホールなので、どこかの企業が引き継いだのでしょうか。地理的にも派手さのない、と言うよりいっそ地味で堅実な印象のホールだったように思います。彼ら夫妻のひとつの花のとき、フォルテピアノの典雅さを、残響二秒の質実なホールで、しばしお楽しみ戴ければこんな嬉しいことはございません。どうぞよろしくお願い致します。

チケットはNさん、I先生、S先生の分、三枚をここに同封致しますのでご査収下さい。

そしてこの手紙は、長くなりましたのでお三方さまに宛てさせて戴くことに致します、失礼はお許しください。そしてどうか私の心情をご理解戴けますように。

御身お大切にお過ごし下さいまし。ごきげんよろしう。

敬具

11月13日　大本史乃
pS　チケットは、本当はだいぶ前に届いていたのですが、いろいろ難しい状況と、犬を亡くして以来の鬱から逃れられずついつい遅れてしまいました。
さらにどうっと齢とってしまいました。寂しいことです。

拝啓
昨日夕方降り出した小雨が夜半小雪に変わりました。うっすら積もっただけで止んでしまいましたが、その後は野分きと呼ばれるような風が朝まで音立てて吹き荒れていました。東京の天候はどんなでしょうか。

お電話を有り難うございました。

一昨日の金曜日には王子製紙のSさんからもお電話戴きました。花束の件、大変喜んで居りましたとお伝えしましたが、Sさんの方がより喜んでいらしてかなり興奮気味でした。

『ママの言うとおりだったよ。本当に立派になったね。すばらしく成長したし、きれいだつた。感激したね！　それに、聞いていたとおりのすてきなお似合いのご夫婦だった！良い結婚をしたね！　すばらしいね！　これからもきっと何らかの形で応援して行くからね。ママは安心して。いやぁ　有り難う。本当に素晴らしかった』

こんなふうなお言葉でした。涙ぐんでおはなしになっていたような感激ぶりでした。よかった！　ほんとうに私もうれしくてなりません。

王子製紙は、銀座にとてもいいホールを作ったそうですね。こちらに居られる統括部長さんからもそのホールのことを聞いています。その方が上京してSさんと会われたときも、Mちゃんのお噂しきりだったとか。統括部長も興味津々です。

Mちゃんのパンフレットあれこれもやたらにほしがって持って行きましたし、いつとは言えなくてもきっといいお話しが来るときがあるように思えてつい期待が膨らみます。応援して下さる方は一人でも多い方がうれしいです。さらに御身お大切にご精進下さいね。

また、メルシャンのNさん、沼津の研究所に居られるI先生、つくば研究所のS先生のお三方も先日わざわざこちらにいらして下さって、行くぞ、行くよ、と興奮しておっしゃって下さいました。

木曜日にはI先生からお葉書を戴きました。すてきなコンサートのおかげで、皆さんころから幸せな一時を過ごされたようです。状況が許されればすべての音楽会のチケットをあの人にもこの人にも差し上げたい気がします。そうしたらどんなに多くの人を幸せな気分にして差し上げられることでしょうか。

今でも私は折々子供のころから好きだった音楽を聴いています。このごろはレコードではなくCDですが、ヴァイオリンの小品集などを繰り返し繰り返し聞きながら仕事したりしています。Mちゃんの歌も、ご主人のI氏のうたも、こうしてCDなどでも聴くことができたらいいなと思います。

マダム・バタフライ、見たかった！

というわけで、衛星放送とFMで、耳と目と心に刻んだ印象をその舞台に置き換えて、私のためのオペラ、ドラマをひとりで鑑賞しています。白無垢の衣装に身を包んだ蝶々夫人が、見えて来る船に手を差し伸べながらくずおれて行く様のかなしいうつくしさ！『ショーシャンクの空に』という映画、ご存じでしょうか。私は大好きな映画の一本ですが、そのなかの一カットにあるように、心に刻んだいいものはなくなりませんし、自在にこころによみがえらせたりできるものです。そういうところでは、まだまだ私は自由でゆたかです。

寒さ厳しくなって来ました。どうぞ御身お大切にすてきな日々をお過ごし下さいね。
またお便りさせて下さい。I氏にもよろしくお伝え下さい。
ご機嫌よう。

敬具

12月12日　大本史乃

拝復
きのう、13日夕方、御便り拝受しました。
〝あれ？　御手紙戴いたばかりなのに、何？　何？〟まったく思いあたりませんでした。

現場から帰ってきたばかりのT君へ、「冷たいコーヒー？　温かいコーヒー？　ミルク入れる？」

で、作業着一式の洗濯ものの仕分け、順備、夕食の仕度、家内ねこどもの夕食（？）の後片付けと、通い↑「め」組のヒトビトがつけた呼び名（外ネコ）の野良ねこに出す夕飯の用意、うちねこ共のトイレ掃除、……と、階段を上り、下り、ばたばたハアハアしながら、どうにも気になる！　メガネ！　メガネ！　ちょっと腰をおろして　お葉書拝見。

ううっ、ぐすっ、くくっ、ゲホッ、ぐぐぐ、うおっほっ、ははっ、げらげらげら……もう笑いが、止まらない‼

さすが！　Mちゃん！　お見通し！　ううぅ、笑える。再拝読しながら、いま、コレ書きながら、また、笑えるぅ！　――たちまち、富谷町にいたころ、Mちゃんをオドロカそうと、こっそりチケットを入手して、Wキャストを見逃して　Mちゃんの出番ではない日に、――花束抱えて上京したときのことを、鮮やかに思い出しました。

一幕め、〝あれぇ。Mちゃん、へん！　声が、変った！　おかしいなあ。姿かたちまで――違ったんじゃない！〟（それでも別人と気付かない）。それほど納得ゆかなかったにもかかわらず、場内アナウンスで、――オーモトさま、オーモトシノさま、受付までお越し下さい――と、呼び出されたのを、〝あ！　Mちゃんが、楽屋に来いと言ってきてるんだョ、

きっと〝なんて、ルンルンして行って、

「申しわけございません。本日、Ｋ・Ｍは、出演しておりません」

「は？」

「お預かりしてしまったお花は、どう致しましょうか？」

（くっ！　アタシャ、ワン公どもを、留守番させるのにも苦労して、やっと出て来たんだゼ。こんなのアリかぁ！）

お馬鹿と、ボケを気取られてはならない。ここはレイセイを装って、シゼンに振舞わなければ。

「テキトーに処分して下さって、結構です」

「……では……明日は彼女の出番（出演）ですから、明日までお預かりして、お渡しします。それで宜しいでしょうか」

（よろしいもなにも、――どーしょーもナイ）

「は。何分よろしく……」

それっ。と逃げ出しました。一目散。新幹線に乗って、早く、早く、早く。

後で、Ｍちゃんに叱られましたね。

「まったく。はじめっからワタシにチケット注文してくれたら良かったのに」

「だって、オドロかそうと思って……」

「それが、ダメなんです！　ママはドジなんですから！」

へへへへ。ヒトコトもなし！

（ドジムスメのMちゃんにドジと言われちゃ、どーしょーもネエ）


今回？　Mちゃんは、さすが！　ですョ。まるまるお見通し。すごい！　大当り！　いやあスルドイ!!

はがきを取り出したとき、いやに厚いなァ、と、思ったのヨ！　重なってるんじゃないか？　と思ったのヨ！

で、何度か、指でハガしてみたけど、ピッタリしていてハガれない。ん。和紙、画仙紙だから、こんなモンかな、いいや、書いちゃえ。

——お送り下さったあられのお礼、ゴチになります。さらに、新型コロナウイルスの一件で、ステージも延期、大学の講義もお休み、ピアノレッスンも休業、——さぞ大変でしょう。が、ようよう大学の方は、行けるようになってきたでしょうか。

昨夏発症した乾癬は、完治せずとも、少しは治まってきてるでしょうか。免疫力を強化するために食事にも気をつけているとのことでしたが、ストレスも係わることかもしれません。ストレスを溜めないよう、気分をかえながらがんばって下さいね。

etc、etc……　ヨシ。切手を貼って、……投函。

!!　ハガキは、練馬区に届くまでの間に、ハガレて2枚になったのですね！　そして、住所の書いてある方だけが届けられたんデスね！

ムムムム。ホントに厚いカミだったんだから！

ゲラゲラが止まらない私に、ＴＶのまえでジャンパー用のバッテリーに充電していたＴクンが、

「ナニ？　何そんなに笑ってるの？」と聞きたがるので、Ｍちゃんからのお葉書を渡して見せました。

げらげら……「バカじゃねーの」てんで、オペラ・コンサートの話を。

「あのころからボケが始まってたんだから、シャアないか」と言うと、さらに大笑いして、

「さすが、天然！」

「いーえ。認知症が重度に……」

「生れつき！　テンネン、生れつき！　天然は認知症にナラナイ！」

慰めにも、励ましにもならないことをノタマウ。挙句、

「なに、テンネンは、おバカのスパイス」なんて、イミ不明のことまで言って、

「ところで、そのオペラの話、初めて聞いた！　ハズカしいから、黙ってかくしてたんだ！」

「いーえ。まえにも話したワ」

「うにゃ。聞いてない。いやはやヒデェハナシ！」ゲラゲラゲラ。

「話したコトあるわよ（ボケ！）」

（実はどちらがボケているか、ちょっとわからない）


昨夕は、「通いのねこ」の夕ごはんは何とか出しましたが（ねこ好き、ねこ飼い、ノラめし出しをしている『め』組のヒトのノラ称）ニンゲンの夕餉をつくるハズミとエネルギーを消費したため、Tクンがスパゲティとたまごを作ってくれました。

スーパーの棚から、スパゲティが消えて、やっと手に入ったアラブ製のめんを使って欲しい（消費して）、と言ったのですが、「んにゃ。今日はのこっているイタリア製」とのことで、アルデンテのスパゲティ、お上手。


新型コロナウイルスについては、最新の情報で、再感染の可能性と怖さ、というのがあります。一度感染して、1ヶ月後、完治、「抗体」がのこったのですが、2ヶ月後、キッドでしらべてみたら「抗体なし」と出た。念のためもういちどPCR検査して貰ったら、やはり「抗体」はゼロ。専門医が解説。

ふつうは、一度かかってしまえば、抗体は長く残ることが殆んどであるが、この、新型コロナウイルスの場合は、2～3ヶ月で抗体は失われてしまうことが多い。スペインの調べでも出来た抗体が失われてしまう人が95％という結果なので、一度かかったことのある人でも、再感染する場合（危険）は多い。とのことです（従って、長ーく続く）。

たしかにこのウイルスの特徴のひとつが、変異するスピードがおそろしく早い、ということがあります。このごろ、どんどん多くなってきている感染者のうち、無症状のヒトが、これ又どっさりいる、というのも、その特性を表わしていると思われます。〝検温〟を目やすにするのは、もはや不確実、と言えます。あてにはできません。〝空気感染〟もあり、の説も出てきていますし、――この先どうなりますことやら。

マスク、手洗い、うがい、全身消毒、加えて、年がら年中、自己検疫キッドを持ち歩いて、毎日検疫……が、ふつうのくらしになる……？？　たゞ、重症にならない為だけに、他人に感染させない為だけに？　それ、可能？

……と……こゝまで来ると、気をつけようにも気をつけようがありませんが、それでも、なお、用心おさおさ怠りなく、免疫力と体力を充分に、よく眠って、バランスの良い食事をして、ストレスをため込まず、何とかより良い日常をおすごし下さいますように。

（何しろ、大雨、長雨、強風、カミナリ、地震、火の玉になって隕石まで降ってくるのですから、もはや長雨のもの思い、だの流れ星のロマンだの、夢見る姫君のものがたりは、価値を失ってゆくのでしょーかねえ）

アプリちゃん、かわいい！　ちっともボサボサではありません。何て、何てかわいいんでしょ。

「Mちゃんも、カワイイね！」とTクン。

「うん」モグモグ。スパゲティ食べるの図。

いやァ、おしらせの、連絡の、お便り、ありがとーございました。老いのボケを哀しむより、うーんと　たのしめました。さすが！　Mちゃん！（では又、改めて、――こんどはつゝましく、まじめに書きまーす）

草々

挨拶にきたハスキー犬

大本史乃

ウチにはいま、五匹の犬がいます。

大型犬のオールドが一頭、ヨークシャーテリアの親子が三匹、それに柴犬が一匹という構成です。まえにはインコも一羽おりました。これだけの犬と暮していますと、それはもういろいろなことがあります。

彼ら一匹ずつとの出会いから、出産、育児、夫々の個性からなる日々のできごとなど、ドラマあり、エピソードありで一度には話し尽せない位……、彼らを観察していて倦きることがありません。

——でも、今日はウチの犬たちのことではなく、ヨソのお家の犬のお話をしたいと思います。勿論そのなかにはウチの犬もちょっと登場しますが、主役ではありません。

今回のテーマは「人間と動物の、心温まる交流から生まれた美談」ということですが、「美談」というところまで届くかどうかはちょっと疑問です。そうですね。そんな大仰なことでなく、微笑ましい、たのしいエピソードのひとつ位に思って下さい。いま思い返しても、あの時の犬の様子や表情が、私の心にありありとよみがえってきて心和まされて楽しくなる、そんなできごとなんです。

まぁ聞いて下さい。去年の暮れのことでした。

もう年も押し迫っていました。

細々と続けている店もようやく年末の休みに入った日、私は長年一緒に働いている店のチーフのTさんと、メモを片手に街中駆け回っていました。たまっていた用事が、どっさりあったのです。メモの最後が、ドッグフードの買い入れでした。

いつも行くペット・ショップのドアの前に立ったとき、私たちは思わず顔見合わせてほっと息をつきました。ペット・ショップで飼われている犬たちに会えるという楽しい仕事を、いちばん後に残していたのです。

人間にもいろいろな人がいますが、犬だって本当にいろんな性質がありますね。甘えるのは勿論、告げ口することもあればグチも言います。愛想のいい犬もいますし、至って素っ気ないのもいます。また時には不平を訴えたり反抗したり、人間の心を試すようなこともします。絵と同じように、犬も結構おしゃべりですしね。

それはウチの犬もヨソの犬もかわりません。こゝろの会話の通じる犬もいますし、どうも親しくなれない犬だっていますもの。

ペット・ショップにいる犬は、売りものは仔犬だけですが、飼われているのは成犬で、大型の三頭と中型犬です。いまではすっかりお馴染みになって、フードを買いに行くと飛んできてぞろぞろついて回り、おやつをねだったりします。なかにはやんちゃな犬もいて、

「早くおやつくれョ！」とせかしたりもします。ごちそうさまも忘れません。

「わぁ。きたきた！」

「ねぇ、ねぇねぇ……」

「今日は遊んでってよ」

と抱きついて顔中ぺろぺろなめまわす。かと思えば洋服の端をくわえて引張ったり、甘えた声でおしゃべりしたり、それはもう可愛いったらないのです。押し倒されて床にシリモチつくこともあります。「きゃあ」なんて言いながら、のしかかる犬に顔じゅうなめ回されつゝよろこんでいる私たちです。

そんな風で、その日も大騒ぎ。お店の人に「こら。もうやめなさい」と引き離される始末でした。

ふと見ると見慣れない犬が何頭か、つながれていたり、ケージに入れられていました。騒ぎで気付かなかったのですが、この暮れ家族で旅行に出掛けたところもあるのでしょう。家族が家を留守にする間、ペット・ショップに預けられた犬たちなのでした。

どの犬もさびし気に見えました。不安そうにも見えました。気が立ってほえるのもいます。あきらめた様子で寝ているのもいます。そのときのチーフのTさんが、

「あっ。あいつ……知ってる！」と声をあげました。

見ると、店の奥の方に一頭の犬がつながれています。大きな灰色がかったハスキー犬です。

「よく公園で会うハスキーだ。ふぅん。あいつも預けられて留守番か。……さびしそうだな」

ハスキーは温和しくつながれたまゝ、

〝何の騒ぎ？〟という風に少し不安気な様子でこちらを見ていました。

「あいつにも、ちょっとおやつやってもいい？」

「ええいいわよ。いいわよ。持ってってやって」

犬の背を撫でながら見ていますと、Tさんはそのハスキーの側に行き、何か話しかけていました。ハスキーが、ちらりとこちらを見たようです。

「じゃぁ、またな。元気でおりこうにしてるんだぜ」

Tさんが戻ってきたので、私たちはそれを機に店を出ました。

帰りの車の中で、Tさんが話してくれました。

「話しかけたら、初めおどろいてね。ちょっと緊張してたけど、いいんだよ。お食べ。食

べて元気出しなよ。すぐ皆帰ってくるよ。って言うとね、エッ、いいんですか？……って。よろこんでたねぇ。さびしそうだったもの」

お正月は、Tさんもお休みで人の出入りもなくしずかなものでした。

年が明けて三日めの夕方のことです。ガレージにいる柴犬の散歩を終えたあと、私は小屋の周りを片付けたり食器を洗ったりしていました。ふっと気配を感じて振り向くと——車のないガレージの入口の、ちょうど真中あたりに一匹のハスキー犬が座っているのです。犬はきちんと両手を揃えて座り、まっすぐに私を見つめていました。そして首輪につけたリードを持った中年の男性が、いかにも途惑った様子で佇んでいるのです。

〝あれ？〟声にはしませんでしたが、私はおどろきました。たしかに暮れにペット・ショップで会ったハスキーです。犬は用ありげにおすわりしたまゝ、真剣に私の視線を捉えて動きません。見知らぬ男性でしたが、つい「今晩は」と挨拶しました。彼の男性は一層困った表情でぐいぐいリードを引っ張りながら小さな声……。

「……こんばんは…」

ハスキーは一向に動こうとしません。まじまじ私の顔を見上げているばかりです。そして、こう言ったんです。

〝先日のお礼に来ました。あのひと、いませんか?〟って。ほんとにそう言ったんですよ。

〝あなた、あのときの……〟

〝そうです。そうです。あのときのお礼言いたくて来たんです。あのひと、います?〟

〝あゝ。チーフね。Tさんね。お正月でお休みなの。だからいまいないのよ〟

〝……会ってお礼言いたかったんだけど……そうですか……残念です。じゃ、お礼言いに来たこと、伝えて下さい〟

ハスキーは、私の目をみつめたまゝそう言いました。

〝まぁ。偉いのねぇ。何ていい子。わかったわ。きっとちゃんと伝えておくわ〟

〝お願いします〟

〝そう……。あんた、わざわざお礼に来たのね。おりこうねぇ……〟

〝じゃ、行きます。ほんとにありがとう。よろしく言って下さい〟

ハスキーが、立ち上りました。ほとほと困惑した様子でいた紳士が、リードを引いて歩き出しました。何だかほっとしたように。きっと彼には何が何だかさっぱりわからなかったことでしょう。

柴犬がいるのでそれに興味をもち、座り込んだかと思えば、ウチの犬はガレージの奥で様子を眺めているだけでしたし、ハスキーは私の顔を見上げたまゝ動こうとしなかったのですから。

けれど私も突然のことに何をどう説明したらいいのかわかりませんでした。初めて会った男性に、どう話したら解って貰えたものでしょうか。第一私自身、こんな体験は初めてのことです。ハスキーが私に語りかけたこと、たしかにそのとき一匹と一人の会話があったこと、その不思議な時間に、私自身ふしぎな感覚を漂う心地でいたのです。

私は無意識のうちにガレージの外に出て、ハスキーと紳士を見送っていました。ハスキーは何度も何度も立ち止っては振り返り、その度にリードを引かれながら去って行きました。

〝わかったわ。約束したわ。きっと伝えとくわ〟

私はつと声になりそうな思いでハスキーに応え、ひとり感動を覚えていました――。


信じられませんか？　でも、ほんとうのことなんです。

私も驚きました。信じ難いことのようですが、あの時のハスキー犬との会話は、いまもはっきりと心に残っています。あのときの、ハスキーの、いやにまじめな瞳が目にのこっているように。


休みが明けて、チーフのTさんが出てきました。

「あのね、チーフ。ハスキーがチーフに御挨拶に来たのよ」

「ハスキー？」

Tさんは怪訝な顔で
「何ですか？　それ」

「ほら、暮れにドッグフード買いに行ったでしょう。その時あすこに預けられてたハスキー犬」

「あゝ、あの温和しい……。それが？」

「御礼言いに、こゝへ来たのよ」

「ええっ？　そんな……、ウソォ……」

「ほんとうなの。ちゃんと、ごあいさつしていったわ。チーフによろしく、って」

「こゝへ？　どーして？」

「ガレージのね、入口にきちんとおすわりして、あのひと、いませんか。あのときの御礼に来ました。って言ってたわ」

「ええっ？　…そんな……まさか……？」

Tさんが少し赤くなりました。

私はその日のことを詳しく話しました。Tさんは、まるで恥ずかしいことを見つけられ

たときみたいに顔をまっ赤にしてしどろもどろになり、

「だって……公園で何度か会ってるけど、……どうしてこゝにいるって……どうやって解ったのか……へぇ？」

ちょっと声がかすれてました。それでもTさんは私の話を信じてくれたようでした。信じてなお、うろたえ、恥ずかし気でした。

「あいつ……。あのときよっぽどさびしかったんだなぁ……」

「それにしてもすごい犬ねぇ。こんなこと初めてよ。礼儀正しい、恩義に厚い犬ねぇ……」

「人間なんかより犬の方がよほどできてる」

「いいえ。それは違うわ。人もいろいろ、犬もいろいろ……そうなんじゃない？」

あのハスキーが、私を見上げたまゝ座りこんでいた時の様子が目に浮びました。

「約束したのよ。ちゃんと伝えるわ、って。いい？　伝えたわよね。たしかに」

Tさんが、また赤くなりました。

——その後、私はそのハスキーと、ハスキーを引いてゆく紳士とを、三度ほど見掛けました。三度とも公園近くの道です。

一度めに会ったとき、紳士は自転車でハスキーを引いていました。犬が立ち止ったので紳士もペダルから足を下ろし、犬を見ました。灰色のハスキーはじっとこちらを向いて立っています。座りました。御主人は犬の向いている方向を見て、私たちを発見しました。私も犬の散歩の途中でした。彼らとは少しばかりの距離がありました。おや？　という風にとんと足を踏みかえて自転車を傾けたまゝ、心持ち会釈したように思えます。私も軽く、……どちらともとれる会釈を返しました。

私たちは、ほんの少しの間でしたがどちらも静止したまゝ、――やがてハスキーが立ち上りました。そうしていったん歩き出し、もう一度立ち止って私たちの方を振り向き、

〝伝えてくれた？〟

〝たしかに伝えたわ〟

〝ありがとう〟

自転車と犬は走り出して行きました。

〝あなた、ほんとにすてきな犬《わんちゃん》ね！〟

遠くなってゆくハスキーの後姿に、私は思わず心の声を送っていました。

その後は、彼らが公園に沿った道を曲ってゆくところを見掛けただけです。散歩の時間は各々の家で違いますし、時刻についても概そのところは決めていても折々の事情や都合

でかわったりします。ウチも例外ではありません。

またご近所の方々とは会えば挨拶を交わし、連れている犬に声を掛けたりもします。そんなことで、名前を知っている犬も少なくはありません。

ところが、あのハスキーについてとなると、私は名前も知りません。そして勿論、飼われている家がどこなのかも、全く知らないまゝなのです。

あの日、ハスキーと紳士は、どうしてウチの前の通りを行ったのでしたろうか。気の向くまゝの散歩の途中だったのでしょうか。それとも御主人に何かの用があって、たまたま通りかかっただけでしたろうか。或いは又、時々コースをかえて、ふだん行く道ではない処を通ってみただけだったのでしょうか。

散歩には毎日出ます。毎日いろいろの犬と会うなかで折々ハスキー犬も見掛けます。なのにどうしてかそれ以来あの灰色のハスキーとは会っていません。

手紙《てがみ》　—あなたへ　そして　わたしに—

発行日　　2024年12月13日　第1刷発行

著　者　　大本《おおもと》 史乃《しの》

発行者　　田辺修三
発行所　　東洋出版株式会社
〒112-0014　東京都文京区関口1-23-6
電話　03-5261-1004（代）
振替　00110-2-175030
https://www.toyo-shuppan.com/

印刷・製本　日本ハイコム株式会社

許可なく複製転載すること、または部分的にもコピーすることを禁じます。
乱丁・落丁の場合は、ご面倒ですが、小社までご送付下さい。
送料小社負担にてお取り替えいたします。

©Shino Ohmoto 2024, Printed in Japan
ISBN 978-4-8096-8718-1
定価はカバーに表示してあります

ISO14001 取得工場で印刷しました